MW01698719

Seduciendo a su esposa

ANNA DEPALO

Harlequin™

Editado por HARLEQUIN IBÉRICA, S.A.
Núñez de Balboa, 56
28001 Madrid

© 2011 Anna DePalo. Todos los derechos reservados.
SEDUCIENDO A SU ESPOSA, N.º 1842 - 14.3.12
Título original: Improperly Wed
Publicada originalmente por Harlequin Enterprises, Ltd.

Todos los derechos están reservados incluidos los de reproducción, total o parcial. Esta edición ha sido publicada con permiso de Harlequin Enterprises II BV.
Todos los personajes de este libro son ficticios. Cualquier parecido con alguna persona, viva o muerta, es pura coincidencia.
® Harlequin, Harlequin Deseo y logotipo Harlequin son marcas registradas por Harlequin Books S.A.
® y ™ son marcas registradas por Harlequin Enterprises Limited y sus filiales, utilizadas con licencia. Las marcas que lleven ® están registradas en la Oficina Española de Patentes y Marcas y en otros países.

I.S.B.N.: 978-84-9010-266-4
Depósito legal: B-1511-2012
Editor responsable: Luis Pugni
Fotomecánica: M.T. Color & Diseño, S.L. Las Rozas (Madrid)
Impresión en Black print CPI (Barcelona)
Fecha impresion para Argentina: 10.9.12
Distribuidor exclusivo para España: LOGISTA
Distribuidor para México: CODIPLYRSA
Distribuidores para Argentina: interior, BERTRAN, S.A.C. Vélez Sársfield, 1950. Cap. Fed./ Buenos Aires y Gran Buenos Aires, VACCARO SÁNCHEZ y Cía, S.A.
Distribuidor para Chile: DISTRIBUIDORA ALFA, S.A.

Capítulo Uno

–Si alguno de los presentes tiene algo que objetar para que no se celebre este matrimonio legal, que hable ahora o calle para siempre.

La sonrisa de Belinda animó al obispo Newbury. El reverendo le devolvió el gesto y abrió la boca para continuar... antes de centrarse en algo por encima del hombro de Belinda.

En ese momento también ella lo oyó. Las pisadas sonaron más cerca.

No... No podía ser.

–Yo me opongo.

Las palabras perentorias cayeron como un yunque en el corazón de Belinda.

La embargó una sensación de náuseas. Cerró los ojos.

Reconocía esa voz... su tono suave pero con ribetes burlones. La había oído un millón de veces en sueños, en sus fantasías más ilícitas... esas que la dejaban ruborizada y consternada cuando despertaba. Y cuando no había aparecido en los rincones más recónditos de su mente, había tenido la desgracia de captarla desde cierta distancia en un acontecimiento social o en alguna entrevista para la televisión.

Hubo un murmullo entre los congregados. A su lado, Tod se había quedado paralizado. El obispo Newbury se mostraba curioso.

Despacio, Belinda se volvió. Tod la imitó.

Aunque sabía lo que se iba a encontrar, abrió mucho los ojos al encontrarse con los del hombre que debería haber sido un enemigo jurado para una Wentworth como ella. Colin Granville, marqués de Easterbridge, heredero de la familia que mantenía un odio inveterado con la suya desde hacía siglos... y la persona que conocía su secreto más humillante.

Cuando cruzaron las miradas, experimentó añoranza y temor al mismo tiempo. Incluso bajo el velo pudo ver que en los ojos de él había desafío y posesión.

Incluso desde cierta distancia del altar se lo veía imponente. El rostro duro e intransigente, la mandíbula cuadrada. Sólo unas facciones armónicas y la nariz aguileña hacían que no pareciera rudo.

El pelo era del mismo marrón oscuro que recordaba, unas tonalidades más oscuro que el castaño de ella. Los ojos eran tan oscuros como insondables.

Belinda alzó el mentón y le devolvió el desafío.

Al menos agradeció que llevara un atuendo formal de traje azul marino con una corbata amarillo canario.

Aunque no recordaba haber visto a Colin, el magnate inmobiliario, vestir algo que no fuera un traje a medida que no hacía nada para ocultar su complexión atlética. Bueno, salvo por aquella única noche...

–¿Qué significa esto, Easterbridge? –demandó su tío Hugh al tiempo que se incorporaba en el primer banco.

Belinda supuso que alguien debía levantarse para defender el honor de los Wentworth, y el tío Hugh, como cabeza de la familia, era la elección adecuada.

Observó a los invitados de la alta sociedad de Nueva York y Londres. Su familia parecía atónita y consternada, pero a otros invitados se los veía fascinados por el drama que se estaba desarrollando.

Las damas de honor y los padrinos parecían incómodos, incluso su amiga, Tamara Kincaid, que jamás perdía la compostura ni la ecuanimidad.

En el otro extremo de la iglesia, su otra amiga íntima y organizadora de la boda, Pia Lumley, había palidecido.

–Easterbridge –habló Tod, irritado y alarmado–. Hoy no has sido invitado.

Colin desvió la mirada de la novia al futuro marido y sonrió.

–Invitado o no, me aventuraría a conjeturar que mi posición en la vida de Belinda me da derecho a tener voz y voto en esta ceremonia, ¿no te parece?

Belinda fue agudamente consciente de los cientos de ojos que observaban interesados el espectáculo ante el altar.

El obispo Newbury frunció el ceño, claramente perplejo, y luego carraspeó.

–Bueno, al parecer me veo obligado a recurrir a unas palabras que nunca antes había tenido que decir –hizo una pausa–. ¿En base a qué se opone a este matrimonio?

Colin la miró a los ojos.

–A que Belinda ya está casada conmigo.

Cuando las palabras reverberaron por la iglesia del tamaño de una catedral, se oyeron jadeos por doquier. A espaldas de Belinda, el reverendo comenzó a toser. A su lado, Tod se puso rígido.

Ella entrecerró los ojos. Pudo detectar burla en los de Colin, al igual que en las comisuras de sus labios.

–Me temo que debes estar equivocado –afirmó Belinda, esperando en vano poder evitar que esa escena empeorara.

Y estaba en lo cierto. Habían estado casados fugazmente, pero ya no.

No obstante, a Colin se lo veía demasiado seguro de sí mismo.

–¿Equivocado acerca de la visita que hicimos a una capilla en Las Vegas hace dos años? Por desgracia, he de discrepar.

Los invitados allí congregados emitieron un único jadeo conjunto.

Belinda sintió un nudo en el estómago. De pronto notó la cara acalorada.

Se contuvo de replicar… ¿qué podía decir que no acrecentara el daño? «¿Estoy segura de que mi matrimonio breve y secreto con el marqués de Easterbridge fue anulado?».

Se suponía que nadie debía estar al corriente de su impetuosa y precipitada fuga.

Supo que debía trasladar esa escena a un lugar donde pudiera encarar sus demonios, o, más bien, a su único y noble demonio, de un modo menos público.

–¿Arreglamos este asunto en algún sitio más íntimo?

Sin aguardar una respuesta y con toda la dignidad que pudo acopiar, recogió la falda del traje nupcial y bajó los escalones del altar, atenta a no establecer contacto visual con ninguno de los invitados al tiempo que mantenía la cabeza erguida.

El sol brillaba a través de los ventanales tintados de la iglesia. Sabía que en el exterior hacía un precioso día de junio. En el interior era otra historia.

Su boda perfecta se había visto arruinada por el hombre que la familia y la tradición dictaban que debería despreciar por encima de cualquier otro ser en el mundo. Si aquella noche en particular no había sido lo suficientemente inteligente y perspicaz como para considerarlo despreciable, en ese momento sí lo era.

Al pasar delante del marqués, éste la siguió por la parte delantera de la iglesia hacia una puerta abierta que conducía a un corredor con varias puertas. Detrás de Colin, Belinda oyó hacer lo mismo a Tod, su antiguo novio.

Al entrar en el corredor, oyó que en la iglesia se iniciaban unos murmullos más altos. Una vez que las partes implicadas habían abandonado la zona del altar, supuso que los invitados se sintieron con más libertad para manifestar sus pensamientos. También oyó al obispo Newbury afirmar que se había producido una demora inesperada.

Entró en una habitación libre que, debido a la austeridad del mobiliario, dio por hecho que se dedicaba a funciones de la iglesia.

Giró en redondo y observó al novio y a su supuesto marido seguirla. Colin cerró la puerta ante las caras curiosas que los miraban desde la zona principal de la iglesia.

Se levantó el velo y encaró a Easterbridge.

–¡Cómo has podido!

Estaba cerca. Hasta ese momento, Colin había sido la encarnación de su mayor secreto y su mayor transgresión. Había intentado evitarlo o soslayarlo, pero huir ese preciso día quedaba descartado.

–Más te vale tener una buena razón para tus actos, Easterbridge –expuso Tod con la cara tensa–. ¿Qué posible explicación puedes exponer para arruinar nuestra boda con unas mentiras tan estrafalarias?

–Un certificado matrimonial –respondió Colin impasible.

–Desconozco en qué realidad alternativa has estado viviendo, Easterbridge –espetó Tod–, pero a nadie más que a ti le hace gracia.

Colin simplemente la miró a ella con una ceja enarcada.

–Nuestro matrimonio fue anulado –soltó Belinda–. ¡Jamás existió!

Tod se mostró abatido.

–Entonces, ¿es verdad? ¿Easterbridge y tú estáis casados?

–Lo estuvimos –respondió ella–. Y sólo durante unas horas, y de ello hace años. No fue nada.

–¿Horas? –musitó Colin–. ¿Cuántas horas hay en dos años? Según mis cálculos, diecisiete mil cuatrocientas setenta y dos.

Odió la facilidad de Colin para las matemáticas. Algo que en su momento le encantó, junto con él, en las mesas de juego antes de la impetuosa fuga a Las Vegas. Y en ese momento había vuelto para hostigarla. Pero, ¿cómo podía ser verdad que llevaran casados los últimos dos años? Había firmado los papeles… todo debería haber quedado anulado.

–Se suponía que debías haber obtenido la anulación –lo acusó.

–La anulación jamás se ultimó –respondió él con calma–. *Ergo,* seguimos casados.

A pesar de enorgullecerse de mantener siempre la serenidad, no pudo evitar abrir los ojos como platos.

–¿Qué es eso de que no se ultimó? –exigió saber Belinda–. Sé que yo firmé los papeles para la anulación. Lo recuerdo con claridad –frunció el ceño con súbita suspicacia–. A menos que tú falsearas los documentos que firmaba.

–Nada tan dramático –la corrigió con envidiable ecuanimidad–. Una anulación es más complicada que la simple firma de un contrato. En nuestro caso, los papeles de la anulación no se archivaron adecuadamente para que los juzgara el tribunal... un último paso importante.

–¿Y de quién fue la culpa de eso? –demando ella.

Colin la miró a los ojos.

–El asunto se omitió.

–Por supuesto –espetó–. ¿Y has esperado hasta hoy para decírmelo?

–No se convirtió en algo relevante hasta hoy –se encogió de hombros.

Su sangre fría la dejó pasmada. ¿Era su modo de vengarse de ella por dejarlo en una situación comprometida?

–No me lo puedo creer –Tod alzó las manos.

Era la misma reacción que sentía Belinda.

Había decidido continuar con la anulación de su matrimonio con Colin sin solicitar consejo legal, a pesar de que sólo poseía una comprensión superficial del derecho familiar. No había querido que nadie, ni siquiera un abogado especialista, se enterara de su increíble falta de sentido común.

En ese momento lamentó dicha decisión. Era evidente que había cometido otro error de juicio.

Sintió que Colin la recorría con la mirada.

–Muy bonito. Desde luego, un cambio radical del rojo con lentejuelas que llevaste durante nuestra ceremonia.

–¿No crees que el rojo es un color idóneo cuando te casas con el diablo? –replicó.

–Por aquel entonces no te comportaste como si yo lo fuera –respondió con voz sedosa y queda–. De hecho, recuerdo...

–No era yo misma –cortó.

«Estaba loca. Eso es», pensó en un estado casi febril. ¿Acaso la locura no era una base para la anulación prácticamente en cualquier lugar del mundo?

–¿Locura? –inquirió Colin–. ¿Ya intentas establecer una defensa hermética para la bigamia?

–No he cometido bigamia.

–Sólo gracias a mi oportuna intervención.

–¿Oportuna? –qué irritante era–. Según tus cálculos, llevamos dos años casados.

–Y contando.

Se quedó incrédula ante su audacia. Pero no pudo dejar de reconocer que era más imponente que Tod, incluso físicamente. Tenían la misma altura, pero era más musculoso y formidable.

Lamentó su continua percepción de Colin como hombre. No obstante, era una situación que pretendía rectificar sin dilación hasta donde pudiera.

–¿Desde hace cuánto que sabes que seguimos casados? –demandó.

Colin se encogió de hombros.

–¿Importa si he llegado a tiempo?

«El muy miserable había querido crear una escena».

–Tendrás noticias de mi abogado –afirmó.

–Las estaré esperando.

–Obtendremos la anulación.

–Pero no hoy. Ni siquiera el estado de Nevada trabaja tan deprisa.

Tenía razón. Su boda había quedado arruinada.

Lo miró con furia impotente.

–Hay fundamentos –insistió, más para tranquilizarse ella misma–. Es evidente que debía de haber estado loca cuando me casé contigo.

–Recordarás que acordamos ausencia de consentimiento debido a embriaguez –contrarrestó él.

–¡Sí, la tuya! –espetó cada vez más irritada.

Él inclinó la cabeza.

–Por acuerdo mutuo, debido a carecer de mejor alternativa.

–El fraude debería haber bastado –respondió con los labios apretados–. Tú exageraste tu actuación ante mí aquella noche en Las Vegas, y después de lo sucedido hoy, nadie dudará de ello. Esta última demostración de trapacería Granville merecería figurar en los libros de Historia.

–¿Trapacería? –enarcó una ceja.

–Sí –insistió–. Dar la noticia de tu negligencia para presentar los papeles de la anulación justo el día de mi boda.

–No hay necesidad de ofender a mis antepasados por asociación –indicó él con calma.

–Claro que la hay –lo contradijo–. La razón de que nos encontremos en esta situación desastrosa son tus antepasados. Ellos son la razón de que… –señaló hacia la iglesia– los invitados se quedaran estupefactos con la noticia de que una Wentworth se había casado con un Granville. ¿Qué vamos a hacer?

–¿Permanecer casados? –sugirió burlonamente.

–¡Jamás! –se volvió para marcharse en el momento en que entraban el tío Hugh y el obispo Newbury.

Al pasar junto a su tío, lo oyó ordenar:

–¡Espero que tenga una buena explicación para esto, Easterbridge, aunque no soy capaz de imaginar cuál puede ser!

Al parecer el infierno se había desatado en ese lugar sagrado.

Revancha.

Una palabra sórdida.

Sin embargo, la venganza insinuaba una animosidad personal, cuando los Wentworth y los Granville llevaban generaciones de encono.

Colin pensó que tal vez sería más apropiado considerarlo una enemistad o *vendetta.*

Su relación con Belinda se hallaba íntimamente entrelazada con la enemistad de las dos familias. Dicha enemistad era la razón de que la pasión entre Belinda y él en Las Vegas hubiera estado imbuida por la excitación de lo prohibido. También era la causa de que Belinda lo hubiera abandonado a la mañana siguiente.

Desde entonces, había emprendido la cruzada de hacer que ella reconociera la conexión visceral que había entre ambos... a pesar del hecho de ser un Granville. Su plan para lograrlo implicaba complicadas maniobras para vencer a los Wentworth de una vez por todas y, así, poner fin a dicha enemistad.

Contempló la vista panorámica que le ofrecían los ventanales del suelo al techo de su dúplex de la decimotercera planta mientras esperaba la visita que inevitablemente iba a recibir. El Time Warner Center, en un extremo de Columbus Circle, proporcionaba tanto intimidad como lujo a los extranjeros ricos que buscaban una estación de paso en la ciudad de Nueva York.

Con las manos en los bolsillos, observó las copas de los árboles de Central Park en la distancia. Como era domingo, iba con la informalidad de una camisa. Reinaba un día hermoso y soleado, igual que lo había sido el sábado.

El día en que su esposa había estado a punto de casarse.

Estaba preciosa con su vestido de novia, aunque al enfrentarse a él no había habido nada celestial o angelical en su mirada.

Poseía una naturaleza apasionada bajo ese exterior ecuánime, algo que lo atraía a ella. Quería arrancar esa capa de suavidad y dejar la substancia de la mujer que había debajo.

Si el día anterior había servido como indicación de algo, era para demostrar que Belinda había cambiado poco en esos dos años. Tenía igual pasión... al menos en su presencia. El novio no daba la impresión de extraer de ella el mismo fuego. Al lado de Dillingham se la había visto serena y hermosa pero desapegada, con esa fachada de muñeca de porcelana... al menos hasta que él había interrumpido la ceremonia.

En el momento en que se había girado hacia él en el altar, había sentido una oleada de calor al tiempo que se le atenazaban las entrañas, sin importar que entre ambos hubiera incluso un velo.

Apretó la mandíbula. Había estado arrebatadora, igual que cuando ellos se habían casado. Pero entonces, había irradiado entusiasmo y expectación, había tenido los ojos encendidos y esos labios de pecado en una constante y deslumbrante sonrisa, nada de ese conservador y tieso desdén de los Wentworth, sólo una apabullante mezcla de pasión y sensualidad. El distanciamiento no había aparecido hasta la mañana siguiente. Pero incluso en ese momento, lo complacía ver que podía provocarle una reacción intensa.

La enemistad entre ambas familias tenía raíces profundas. Desde tiempos remotos habían sido terratenientes vecinos y, lo más importante, rivales en la campiña inglesa de Berkshire. Desde las escaramuzas por lindes territoriales hasta los alegatos de traición política y la seducción innoble de relaciones femeninas, los estallidos entre las familias habían entrado en el folclore popular.

Él, desde luego, siendo el cabeza de familia titular de los Granville, había sentido curiosidad por Belinda. Al ver su oportunidad de llegar a conocerla mejor, la había aprovechado… primero en un cóctel que un amigo había celebrado en Las Vegas y luego en un casino.

Al final de aquella noche en el Bellagio, había sabido que la deseaba como no había deseado a ninguna otra mujer. Era una belleza morena y espectacular, digna contendiente en inteligencia e ingenio. Desde luego, ese ingenio era lo que lo había dejado anonadado cuando ella le había anunciado que no podía acostarse con él sin un certificado matrimonial.

Por supuesto, había sido incapaz de resistir ese desafío y se había sentido dispuesto a correr el riesgo por disponer de una noche en la cama con Belinda.

Y ella no lo había decepcionado.

Incluso en ese momento, pasados dos años, el recuerdo le causaba un nudo en el estómago.

Y el día anterior había usado el elemento de la sorpresa para colapsar la boda de ella. Hacía poco que había descubierto que pensaba casarse y había llegado a la conclusión de que nada que no fuera un espectáculo público habría podido estropear los planes nupciales de Belinda.

Y Tod Dillingham, a quien le preocupaban la reputación y las apariencias, no sabría cómo perdonar semejante transgresión pública. Al menos con eso contaba.

Al oír el timbre, le dio la espalda a la vista.

–Colin –anunció su madre al entrar–, me ha llegado un rumor increíble. Debes negarlo de inmediato.

Él se apartó para dejarla pasar.

–Si es increíble, ¿por qué vienes en busca de una negación?

La afición de su madre por el drama nunca dejaba de asombrarlo. Por suerte, esos días la tenía a una distancia segura, ya que ella consideraba el piso que tenía en Londres como su base de operaciones. Por otro lado, había sido mala suerte que un viaje a Nueva York para visitar a unos amigos y asistir a algunas fiestas coincidiera con la fecha de la boda de Belinda.

Su madre lo miró con expresión avinagrada.

–No es el momento idóneo para que bromees.

–¿Lo hacía? –musitó mientras cerraba la puerta.

–El nombre de la familia está siendo deshonrado –dejó su bolso de Chanel y se acomodó en un sillón del salón después de darle el abrigo al ama de llaves, que se materializó mágicamente durante un momento–. Exijo respuestas.

–Por supuesto –respondió, permaneciendo de pie con los brazos cruzados.

Su madre se veía incongruente en ese entorno moderno. Estaba más acostumbrado a verla en un tradicional salón inglés, con fotos familiares viejas y descoloridas adornando una consola y un piano. Desde luego, ella estaba acostumbrada a disponer de un personal de servicio completo.

Los dos esperaron hasta que su madre enarcó las cejas.

Colin carraspeó.

–¿Cuál es el rumor exactamente?

–¡Cómo si no lo supieras! –cuando él continuó silencioso, suspiró resignada–. He oído los rumores más horribles acerca de que interrumpiste la boda de la joven Wentworth. Más aún, al parecer anunciaste que estabas casado con ella –alzó una mano–. Desde luego, hice callar a la horrible bruja que repetía ese vil rumor. Le informé de que tú nunca te habrías presentado en una boda de los Wentworth. *Ergo*, no es imposible que hubieras afirmado que…

–¿Quién era la propagadora de esos rumores?

Su madre calló, frunció el ceño, y luego agitó una mano con displicencia.

–Una lectora de Jane Hollings, que escribe una columna para algún periódico.

–*The New York Intelligencer.*

–Sí, creo que es ése. Trabaja para el conde de Melton. ¿Qué ha podido llevar a Melton a ser propietario de ese pasquín?

–Tengo entendido que ese tabloide da pingües beneficios, en particular la edición *online*.

Su madre frunció la nariz.

–Fue la caída de la aristocracia cuando hasta un conde se metió en esos negocios.

–No, la Primera Guerra Mundial representó la caída de la aristocracia –contradijo con sarcasmo.

–Es imposible que te presentaras en una boda de los Wentworth sin ser invitado –repitió su madre.

–Por supuesto que no –su madre se relajó–. Cuando la boda de Belinda Wentworth tuvo lugar hace dos años, desde luego que estuve invitado… como su novio.

Su madre se puso rígida.

Mi posición como marqués, atribuible a siglos de apropiada endogamia –prosiguió con ironía–, me obligó a impedir que se cometiera un delito cuando estaba en mi poder hacerlo, una vez que me llegó la noticia de la intención que tenía Belinda de volver a casarse.

Su madre respiró hondo.

–¿Me estás diciendo que una Wentworth me ha sucedido como marquesa de Easterbridge?

–Es precisamente lo que estoy diciendo.

Dio la impresión de que su madre iba a sufrir un desmayo. La noticia pareció golpearla con la fuerza de un desplome bursátil. Colin ya había contado con eso.

–¿Imagino que no se cambió el apellido a Granville en la capilla de Las Vegas? –su hijo movió la cabeza y ella experimentó un escalofrío–. ¿Belinda Wentworth marquesa de Easterbridge? La mente se rebela ante dicho pensamiento.

–No te preocupes. No creo que Belinda haya empleado el título ni tenga intención de hacerlo.

Su madre se mostró exasperada.

–¿Qué diablos se apoderó de ti para que te casaras con una Wentworth?

Colin se encogió de hombros.

–Imagino que puedes encontrar la respuesta entre la multitud de razones por las que otras personas se casan –era reacio a divulgarle a su madre demasiado de su vida privada. Y jamás hablaría de pasión–. ¿Por qué os casasteis papá y tú?

Su madre apretó los labios.

Sabía que la pregunta pondría fin a la muestra abierta de su curiosidad. Sus padres se habían casado en parte porque eran iguales socialmente, respiraban el mismo aire viciado. Por lo que él sabía, no había sido un matrimonio malo hasta la muerte de su padre cinco años atrás de un infarto; más bien había sido apropiado e idóneo.

–Seguro que no pretendes seguir casado.

–No temas. No me sorprendería que Belinda estuviera consultándolo con su abogado mientras tú y yo hablamos.

De hecho, se preguntó qué diría su madre si supiera que Belinda quería una anulación inmediata.

Pero no se lo mencionaría... al menos no hasta que hubiera alcanzado su objetivo.

Pensó que necesitaba llamar a su propio abogado para averiguar cómo iban las negociaciones de su compra de la propiedad en cuestión.

Una vez concluida la operación, a Belinda no le quedaría más opción que encarar la situación sin evasivas ni intentos de huida.

Capítulo Dos

Había dado todos los pasos adecuados en la vida... hasta aquella noche en Las Vegas con Colin Granville.

Arrojó un jersey a la maleta que tenía en la cama con rabia.

Había estudiado historia del arte en Oxford y luego trabajado en una serie de casas de subastas antes de ejercer su puesto presente como especialista en arte impresionista y moderno para la selecta casa de subastas Lansing's.

Era puntual, calladamente ambiciosa y vestía con elegancia y buen gusto. Se consideraba responsable y sensata.

En el proceso, había hecho feliz a su familia. Había sido la hija obediente... si no hacía siempre lo que ellos dictaban, al menos no se rebelaba.

Jamás era tema de chismorreos... hasta el último fin de semana. Un cegador traspié la había convertido en el tema central de la columna que la señora Hollings tenía en las páginas rosas del *The New York Intelligencer.*

Iba a ser la boda social del año.

Salvo por... ¡Santo Cielo!

Por si la noticia no ha llegado aún a sus delicados oídos, queridos lectores, esta ciudad está en ebullición con la noticia de que la boda Wentworth–Dillingham se ha visto cancelada nada menos que por el marqués de Easterbridge, quien realizó la asombrosa afirmación de que su fugaz matrimonio con la adorable señorita Wentworth celebrado dos años atrás en Las Vegas, ¡de todas las posibles ciudades!, nunca había sido legalmente anulado.

Belinda hizo una mueca ante las palabras de la columna periodística que todavía reverberaban en su mente.

La señora Hollings sólo había disparado la primera andanada. El fiasco de la Iglesia Saint Bart's se había convertido en una epidemia en los últimos tres días.

Ni siquiera quería pensar en la incesante reacción de su familia. En los últimos días había evitado las llamadas de su madre y del tío Hugh. Sabía que al final tendría que tratar con ellos, pero aún no estaba preparada para hacerlo.

A cambio, el día anterior se había desahogado por teléfono con sus amigas más íntimas: Tamara y Pia. Las dos habían mostrado mucha compasión por su situación y habían admitido que la boda que nunca llegó a celebrarse también les había causado problemas a ellas. Tamara confesó que había estado esquivando a uno de los padrinos, Sawyer Langsford, conde de Melton, porque las familias hacía tiempo que atesoraban la idea de que los dos terminaran por casarse. Mientras tanto, Pia había reconocido que había descubierto que uno de los invitados era James «Hawk» Carsdale, duque de Hawkshire y antiguo amante, quien tres años atrás la había abandonado sin siquiera una despedida después de una noche juntos, cuando se había presentado a sí mismo meramente como James Fielding.

Resumiendo, la boda cancelada había resultado desastrosa tanto para sus dos amigas como para ella.

Por suerte, al día siguiente dejaría su apartamento de un dormitorio en el Upper West Side para realizar un viaje de negocios a Inglaterra.

Incluso antes de la boda que no llegó a ser, Tod y ella habían decidido postergar la luna de miel para una fecha futura, más propicia con sus respectivas agendas de trabajo.

Y en ese momento le alegró tener un viaje de trabajo. No podía dejar atrás sus problemas, pero un poco de espacio y distancia del escenario del crimen la ayudarían a despejar la mente para poder trazar un plan.

La boda debería haber representado su apogeo y había terminado siendo su caída.

No obstante, una anulación o un divorcio no debería ser difícil de obtener. Después de todo, la gente lo hacía todos los días. Ella misma había creído recibir una.

Dejó de guardar la ropa y recordó cómo había observado los papeles para la anulación el día que le llegaron para firmarlos. Le habían causado un aguijonazo de dolor. Se había dicho que eran el recordatorio de la mancha en el currículo de su vida. Pero nadie necesitaba conocer su abrumador error.

Metió el jersey en la maleta y controló la súbita sensación de pánico en la boca del estómago. Se llevó una mano a la frente, como si así pudiera eliminar el dolor de cabeza.

Pero sabía que no existía ningún modo mágico de hacer que de su vida desapareciera un marqués de más de un metro ochenta de altura.

Incluso antes de aquella noche aciaga en Las Vegas, se habían encontrado de vez en cuando a lo largo de los años en acontecimientos sociales. Pero era bien consciente de la historia entre sus familias como para hablar alguna vez directamente con él. Y para empeorar las cosas, era demasiado masculino, demasiado atractivo de un modo austero, demasiado todo.

Pero entonces la habían enviado a Las Vegas con el fin de evaluar la colección privada de arte de un constructor multimillonario. Al encontrarse con Colin en la fiesta organizada por el constructor, se había sentido impulsada a conocerlo por asuntos de negocios. Para su irritación, no había esperado descubrir lo encantador que era ni lo muy atraída que se sentía por él.

Le había despertado una reacción como nadie lo había hecho jamás. Durante aquel cóctel había descubierto que ambos habían sido excelentes nadadores en el instituto, que los dos asistían a la ópera en el Lincoln Center de Nueva York y en la Royal Opera House de Londres y que ambos eran activos en las mismas galas benéficas para ayudar a los desempleados... aunque Colin había formado parte de organizaciones benéficas y ella sólo había sido una especie de soldado de infantería que aportaba su tiempo.

Sus semejanzas le habían resultado desconcertantes.

Próximo el final de su estancia en Las Vegas, se había vuelto a encontrar con Colin en el vestíbulo del Bellagio. Durante un momento se había sentido insegura sobre qué hacer, pero él había tomado la decisión por ella.

La verdad es que se había sentido en un estado de celebración después de conseguir un acuerdo con el constructor amigo de Colin para una gran subasta de arte en Lansing's. Sabía que en parte se lo debía a él, ya que las intervenciones sutiles que había realizado en las conversaciones mantenidas por ella con el constructor en la fiesta habían sido de ayuda.

Y en un ataque de magnanimidad, había aceptado tomar una copa con Colin. Las copas habían progresado a una cena y luego a pasar un poco el rato en las mesas de juego del casino, donde las ganancias de Colin la habían impresionado.

Al final de la velada, había parecido de lo más natural subir con él en el ascensor hasta su suite de lujo.

En broma le había sugerido que no podían acostarse a menos que estuvieran casados. Había supuesto que esa declaración sería el fin de la cuestión. Sin embargo, Colin la había conmocionado al subir la apuesta y desafiarla a ir con él al ayuntamiento a solicitar una licencia matrimonial.

Dieron media vuelta y volvieron a bajar.

Esa aventura la había divertido y horrorizado al mismo tiempo, en especial cuando se pusieron a buscar una capilla. En Las Vegas no les había costado nada encontrar una.

Más adelante, desde luego, culparía de sus actos inusuales a las copas que había bebido y al loco entorno de la ciudad del juego. Y al hecho de que acababa de cumplir los treinta años y de haber perdido a otro novio hacía poco. Y a la creciente presión de su familia para que se casara bien y en breve, y al hecho de que casi todas sus nobles compañeras del Marlborough College ya estaban prometidas o casadas. Incluso había proyectado parte de la culpa sobre Colin, quien la había ayudado a cerrar el trato en el cóctel. Básicamente, todos y todo le habían parecido culpables... especialmente ella.

Por la mañana, había sonado su móvil y, con ojos cansados, había identificado la llamada de su madre. Fue como si alguien le arrojara un cubo de agua helada. Había vuelto atontada a la realidad y había quedado verdaderamente horrorizada por lo que había hecho la noche anterior. Había insistido en una anulación rápida y discreta sin que nadie llegara a saberlo jamás.

Al principio Colin se había mostrado divertido por su alarma. Pero cuando quedó claro que la angustia no era temporal, se había cerrado y distanciado de ella, ocultando a duras penas la ira que lo embargaba.

Nada más bajar la mano de la frente, la sobresaltó el sonido del teléfono móvil.

Suspiró y se dijo que era bueno dejar atrás recuerdos desdichados.

Al comprobar que se trataba de Pia, se colocó el auricular en la oreja, convirtiéndolo así en un aparato manos libres mientras continuaba haciendo la maleta y conversaba.

–¿No se supone que debes estar en Atlanta para una boda? –le preguntó Belinda sin preámbulos.

–Sí, pero tengo toda la semana antes de que el ritmo aumente para el acontecimiento principal del sábado.

Pia y ella, junto con su amiga mutua, Tamara, se habían conocido en acontecimiento benéficos junior. Las tres se habían instalado en Nueva York nada más terminar la universidad. Aunque habían elegido vivir en distintas partes de Manhattan y perseguían diferentes carreras, con Tamara dedicada al diseño de joyas mientras el sueño de Pia siempre había sido la organización de bodas, se habían hecho excelentes amigas.

Aunque Tamara era hija de un vizconde británico, Belinda no la había conocido como integrante de la aristocracia inglesa porque Tamara había crecido principalmente en los Estados Unidos, después de que su madre estadounidense se hubiera divorciado de su padre noble.

Pensó que era una pena, ya que su amiga bohemia y librepensadora habría sido una bocanada de aire fresco en su adolescencia rígida y estructurada. Pia se parecía más a ella, aunque procedía de un entorno de clase media de Pensilvania.

–No te preocupes –bromeó Belinda, adivinando el motivo de que Pia la llamara–, sigo vivita y coleando. Pretendo conseguir mi libertad del marqués aunque sea lo último que haga.

Lamentaba las repercusiones que el desastre nupcial del sábado tendría en el negocio de organizaciones de bodas de Pia. Sólo había pensado en darle un empujón a la carrera de su amiga al pedirle que lo planificara todo en vez de ser una de las damas de honor… a pesar de saber que Pia era una romántica empedernida. Por desgracia, ninguno de los planes del sábado había salido bien.

Como el día anterior había mantenido una conversación a tres con Pia y Tamara y la primera acababa de llegar a Atlanta por cuestiones de trabajo ese mismo día, percibía que en la llamada de su amiga había algo más que la oportunidad de charlar.

Como no le gustaba dar rodeos, fue directa al grano.

–Sé que no me llamarías sin una razón.

–Bueno –comenzó Pia con delicadeza–, ojalá esta conversación pudiera tener lugar más adelante, pero apremian el tema del anuncio que hay que dar, en caso de que haya que hacerlo, con respecto a las nupcias interrumpidas y luego, por supuesto, el de los regalos de boda…

–Devuélvelos todos –cortó ella.

Era optimista pero también realista. Desconocía el tiempo que haría falta para lograr que el marqués le concediera la anulación o el divorcio.

–De acuerdo –Pia sonó aliviada e insegura al mismo tiempo–. ¿Estás segura? Porque...

–Estoy segura –confirmó Belinda–. Y en cuanto a una declaración, no creo que sea necesaria emitir ninguna. Gracias en parte a la señora Hollings, creo que todo el mundo está al corriente de lo sucedido el sábado.

–¿Y qué hay entre Tod y tú? ¿Podréis... arreglar las cosas?

Al salir de la iglesia, Tod la había alcanzado, al parecer abandonando el enfrentamiento con Colin poco después que ella, y habían mantenido una conversación breve e incómoda. Al tiempo que se esforzaba en mostrar ecuanimidad, seguía atónito, irritado y avergonzado.

Belinda le había devuelto el anillo de compromiso. Le había parecido lo más decente. Después de todo, acababa de descubrir que seguía casada con otro hombre.

Suspiró.

–Tod está perplejo y enfadado, y en estas circunstancias no puedo culparlo.

La única excusa que tenía para no haberle contado aquella fuga era que ella misma apenas podía pensar en el incidente. Le resultaba demasiado doloroso.

Pia carraspeó.

–¿O sea que las cosas entre Tod y tú están...?

–En espera. Indefinida –confirmó–. Él espera que yo resuelva la situación, y entonces decidiremos el camino a seguir.

–¿Qué diablos te ha pasado, Belinda? –dijo el tío Hugh saliendo de detrás del escritorio cuando su sobrina entró en la biblioteca de su casa del barrio londinense de Mayfair.

Todo su rostro era una máscara de desaprobación.

La había convocado para que se explicara. Ella, Belinda Wentworth, había hecho lo que ninguno de sus antepasados... traicionar su herencia al casarse con un Granville.

Al ir a Londres en viaje de negocios había sabido que tendría que presentarse en la casa de Mayfair. Había podido eludir conversaciones y explicaciones exhaustivas con sus parientes justo después de la boda gracias a una huida precipitada.

Miró el cuadro Gainsborough de Sir Jonas Wentworth situado sobre la repisa.

La casa de Londres llevaba generaciones en el clan de los Wentworth. Como otras muchas familias de clase alta, los Wentworth habían luchado con uñas y dientes para retener la elegante dirección de Mayfair que, al mismo tiempo, aportaba una gran dosis de distinción, aunque ya no representaba importantes generaciones nobles debido al creciente número de riqueza nueva.

Aunque no poseían títulos, descendían de una rama más joven de los duques de Pelham, y a lo largo de los años se habían casado con muchas otras familias aristócratas… con la evidente excepción de los despreciados Granville. Por ello, se consideraban tan de sangre azul como el que más.

–Has creado un buen enredo –continuó su tío mientras un criado entraba con un carrito con todo lo necesario para el té de la tarde.

Belinda se mordió el labio inferior.

–Lo sé.

–Que debe resolverse sin dilación.

–Desde luego.

Cuando el criado abandonó la estancia, Hugh le indicó que se sentara.

–Bueno, ¿qué vas a hacer para solucionar este caos? –preguntó mientras ella ocupaba el sofá y él un sillón próximo.

Por la fuerza de la costumbre, Belinda se adelantó para servir el té. Le daba algo que hacer… y la ilusión de mantener el control mientras evitaba mirar a su tío a los ojos.

–Pretendo conseguir la anulación o el divorcio, desde luego –aseveró. Pero en ese momento por su cabeza pasó la imagen de estar en una cama enorme en compañía de Colin Granville, compartiendo champán y fresas en lo alto de las luces centelleantes de Las Vegas.

Se le encendió el rostro.

–¿…una indiscreción juvenil?

Alzó la cabeza.

–¿Qué?

El tío enarcó las cejas.

–Sólo preguntaba si esta desgraciada situación tuvo lugar debido a una indiscreción juvenil.

Sabía que debía parecer culpable.

–¿Puedo aducir eso a pesar de tener treinta años en el momento en que sucedió?

El tío Hugh la contempló con expresión pensativa pero indulgente.

–No soy tan viejo como para no recordar todas las fiestas a las que uno puede entregarse cuando tiene esa edad.

–Sí –concedió Belinda, más que dispuesta a aceptar la excusa que se le ofrecía–. Debió de ser eso.

El tío recogió el té y el plato que le entregó.

–Y, sin embargo, me sorprendes, Belinda –continuó después de beber un sorbo–. Tú nunca fuiste propensa a la rebelión. Fuiste a un internado apropiado y luego a Oxford. Nadie esperaba este escenario.

Debería haber adivinado que no permitirían que se librara con tanta facilidad.

Odiaba decepcionar al tío Hugh. Había sido una figura paternal desde que su propio padre falleciera después de luchar durante un año contra el cáncer cuando ella contaba trece años. Al ser el hermano mayor de aquél, y jefe de la familia Wentworth, había adoptado de forma natural el papel paterno. Viudo desde hacía tiempo, el tío Hugh había sido incapaz de tener hijos y, desde entonces, había permanecido soltero y sin herederos directos.

Por su parte, Belinda había intentado ser una buena hija sustituta. Había crecido en las mansiones campestres del tío Hugh, donde había aprendido a nadar y a montar en bicicleta. Había sacado buenas notas, no había sido una adolescente caprichosa y había mantenido su nombre lejos de las columnas de chismorreos... hasta ese momento.

El tío Hugh suspiró y movió su cabeza cana.

–Casi tres siglos de enemistad y ahora esto. ¿Sabías que tu antepasada Emma fue seducida por un canalla Granville? Por suerte, la familia fue capaz de acallar el asunto y arreglar un matrimonio respetable para la pobre muchacha con el hijo menor de un baronet –frunció el ceño–. Por otro lado, nuestra disputa territorial del siglo XIX con los Granville se prolongó durante años. Afortunadamente, al final los tribunales pudieron reivindicarnos en el asunto del linde correcto entre nuestra propiedad y la de ellos.

Belinda ya había oído muchas veces esas historias. Abrió la boca para decir algo, cualquier cosa, que explicara que su situación con Colin era diferente.

–¡Ah! Veo que al fin te he encontrado.

Se volvió a tiempo de ver entrar a su madre en la sala. Cerró la boca con brusquedad para evitar emitir un gemido. Se dijo que de la sartén saltaba al fuego.

Su madre le entregó el bolso y el chal de chifón a una criada que se apresuró a entrar antes de retirarse con discreción. Como de costumbre, se la veía impecable, como si acabara de llegar de un almuerzo en Annabelle's o en cualquiera de sus otros restaurantes habituales. Tenía cada cabello colocado en el sitio que le correspondía, el vestido era de una elegancia clásica y, probablemente, las joyas que llevaba eran herencias familiares.

Belinda pensó que el contraste entre su madre y ella no podía ser más pronunciado. Ella iba informal, con unos chinos y una blusa vaporosa de mangas cortas acompañados con unos diseños de bisutería accesibles creados por Tamara.

E incluso dejando a un lado los complementos, sabía que físicamente no se parecían. Su madre era una rubia frágil, mientras que ella era una morena escultural. En ese sentido, salía a la rama Wentworth de la familia.

–Madre –probó–, hablamos justo después de la boda.

La mujer la miró con los ojos muy abiertos.

–Sí, cariño, pero sólo me diste una respuesta muy vaga y elemental.

–Te dije lo que sabía.

Su madre movió una mano con displicencia.

–Sí, sí, lo sé. La aparición del marqués fue inesperada y sus afirmaciones estrafalarias. No obstante, nada encara la cuestión de cómo has podido estar casada dos años sin que nadie estuviera al corriente de semejante hecho.

–Ya te he dicho que el marqués explicó que la anulación jamás se concretó. Estoy en el proceso de confirmar esa aseveración y de rectificar el asunto.

Aún no había contratado a un abogado de divorcios, pero había llamado a un letrado de Las Vegas para solicitarle que verificara la afirmación de Colin… que todavía seguían casados.

Su madre miró al tío Hugh y luego a ella.

–Este escándalo es la comidilla de Londres y Nueva York. ¿Cómo pretendes rectificarlo?

Belinda se mordió el labio ante el nuevo enfoque de su madre.

Era irónico que fuera ésta quien la sometiera a un interrogatorio. A lo largo de los años había hecho oídos sordos a los asuntos amorosos de su madre, aunque habían sido tema de chismorreos y de conversación en las fiestas.

–¿Cómo resolveremos alguna vez este tema con los Dillingham? –comentó preocupada–. Es desastroso.

–Vamos, Vamos, Clarissa –intervino su tío, adelantándose para dejar la taza sobre la mesilla–. El histrionismo no aportará nada en este asunto.

Belinda suspiró para sus adentros. Su madre y ella jamás habían mantenido una relación fácil. Tenían una personalidad y un carácter muy diferentes. Siendo adulta, le había dolido cuando su madre se había mostrado superficial, egoísta o egocéntrica, si no las tres cosas al mismo tiempo.

Su madre ocupó un sillón próximo con elegancia a la vez que daba a entender que sus piernas ya no podrían sostenerla más.

–Belinda, Belinda, ¿cómo puedes ser tan imprudente e irresponsable?

Ésta sintió una creciente irritación mientras reconocía que no había dejado de preguntarse lo mismo. Se había comportado de forma inusual en ella.

–Se esperaba que te casaras bien –continuó su madre–. La familia contaba con ello. Si hasta la mayoría de tus compañeras de estudio ya se han asegurado parejas ventajosas.

Tuvo ganas de responderle que se había casado bien. La mayoría de la gente afirmaría que un hombre rico y con un título nobiliario cualificaba como un buen partido. Sin embargo, Colin era un detestado Granville y, por ello, no se debía confiar en él bajo ninguna circunstancia.

–Dedicamos mucho tiempo a cultivar nuestra relación con los Dillingham –prosiguió su madre–. Estaban dispuestos a rehabilitar Downlands para que Tod y tú pudierais organizar fiestas y reuniones allí una vez que os hubierais casado.

No necesitaba que le recordaran el plan de rehabilitar la principal mansión ancestral de los Wentworth en Berkshire. Sabía que la economía familiar era, sino precaria, poco robusta.

La verdad era que ni Tod ni ella se habían sentido arrastrados por la pasión. De hecho, su compromiso se había basado más en elementos pragmáticos. Se conocían desde siempre y se habían llevado bastante bien. Con treinta y dos años, ella se hallaba en el momento de apogeo para el matrimonio, al tiempo que sabía que Tod buscaba y esperaba casarse con una mujer apropiada del mismo entorno social elevado al que pertenecía.

Tod le había dicho que la esperaría hasta que resolviera la situación. Aunque no había mencionado cuánto tiempo duraría dicha espera.

Su madre ladeó la cabeza.

–¿Crees que podrías reclamar parte de los bienes de los Easterbridge por llevar accidentalmente casada con Colin los dos últimos años?

Belinda se quedó atónita.

–¡Madre!

–¿Qué? –abrió mucho los ojos–. Ha habido innumerables casos de matrimonios reales que han durado mucho menos tiempo.

–¡Tendría más poder si Easterbridge se estuviera divorciando de mí!

Recordó la oferta del marqués de que permanecieran casados. Era evidente que tendría que ser ella quien iniciara los trámites para disolver el matrimonio.

–No tuviste tiempo de firmar un acuerdo prenupcial en esa capilla de Las Vegas, ¿verdad? –persistió su madre antes de fruncir la nariz con desagrado–. No me sorprendería que Easterbridge llevara un contrato estándar en el bolsillo.

–¡Madre!

El tío Hugh movió la cabeza.

–Un hombre tan agudo como Easterbridge se habría encargado de que su propiedad no resultara vulnerable. Por otro lado, no queremos que el marqués establezca ninguna reclamación sobre nuestras propiedades.

Su madre volvió a centrarse en ella.

–Menos mal que ninguna de nuestras propiedades está a su nombre.

–Sí –reconoció Hugh–, pero Belinda es una heredera. Heredará la riqueza de los Wentworth. Si sigue siendo esposa de Easterbridge, con el tiempo él tendrá acceso a esa propiedad, en especial si los bienes no se mantienen separados.

–Intolerable –declaró su madre.

Belinda no se sentía como una heredera. De hecho, debido a la insistencia de toda su familia de que consiguiera un buen partido, la riqueza de los Wentworth hacía que se sintiera más reprimida que liberada. Cierto, era beneficiaria de un pequeño fideicomiso, pero esos recursos apenas hacían posible que pudiera vivir en el mercado de renta elevada de Manhattan con su escaso sueldo de especialista de arte.

Una y otra vez se le había recordado que su misión era hacer avanzar el estándar de los Wentworth hacia otra generación. Jamás era ajena a su posición de hija única. Pero, hasta el momento, no podría haber estropeado más las cosas.

–Yo me ocuparé del marqués –afirmó con tono lóbrego, conteniendo su hábito nervioso de morderse el labio.

De algún modo tenía que liberarse de ese matrimonio.

Capítulo Tres

–Gracias por quedar conmigo hoy –dijo con cierta incongruencia al entrar en la sala de reuniones de Colin en las oficinas que tenía en el Time Warner Center.

Esperaba mantener todo en un terreno cortés y productivo.

Colin asintió.

–De nada.

El corazón le latió con fuerza al ver que él le observaba la mano ya sin anillo.

Había querido un lugar de encuentro que fuera privado pero no demasiado íntimo. Sabía que era dueño de un ático espectacular en lo alto del mismo complejo en el que se hallaban, pero había declinado verlo allí. Era difícil verlo en cualquier circunstancia y no podía pensar en lo que habrían podido hacer en su ático.

Lo miró con cautela.

Lucía un traje formal con el encanto relajado y seguro de una pantera lista para jugar con un gatito. En sus venas llevaba la sangre de generaciones de conquistadores, y se notaba.

De pronto, ella sintió que revelaba demasiada piel. Llevaba un vestido con un escote en V, cinturón y sandalias, ya que había propuesto que la reunión se celebrara en la hora de comer de su jornada en Lansing's.

Colin le señaló el aparador.

–¿Café o té?

Ella dejó el bolso en la gran mesa de conferencias.

–No, gracias.

–Se te ve serena, en marcado contraste con la semana pasada –la miró pensativo.

–He decidido mantener la calma en la tormenta –respondió–. Los rumores se han desbocado, el novio se ha marchado al otro lado del Atlántico y se están devolviendo los regalos de la boda.

–Ah –se sentó en una esquina de la mesa.

–Espero que estés satisfecho.

–Es un buen comienzo.

Ella contuvo la ira y lo miró a los ojos.

–He venido para hacerte entrar en razón –él fue lo bastante descortés como para reír entre dientes–. Sé que estás ocupado... así que iré al grano. ¿Cómo es posible que sigamos casados?

Colin se encogió de hombros.

–La anulación jamás se ultimó en el tribunal.

–Es lo que ya me has dicho –olía a encerrona... o, más precisamente, a un aristócrata taimado–. Espero que despidieras a tu abogado por semejante fallo.

El abogado que acababa de contratar le había confirmado que, hasta donde mostraban los documentos estatales, Colin y ella seguían casados porque no había registro alguno de anulación, ni siquiera los documentos pertinentes archivados.

De un modo u otro, debía ocuparse de la situación tal como se hallaba en ese momento.

–Es inútil mirar atrás –comentó Colin sin saber que ella estaba pensando casi lo mismo–. La cuestión es lo que haremos ahora.

–¿Ahora? –Belinda abrió mucho los ojos–. Obtenemos una anulación o un divorcio, desde luego. Hace poco Nueva York me hizo el enorme favor de establecer el divorcio sin culpa, de modo que ya no tengo que demostrar que has cometido adulterio o me has abandonado. Eso lo sé gracias a una simple investigación.

Colin siguió impasible.

–Ah, por los viejos tiempos, cuando el matrimonio significaba que una mujer estaba casada y sólo el marido podía tener propiedades o demostrar el adulterio.

Ella no mostró signos de apreciar su humor.

–Sí, cuán desafortunado para ti.

–Pero hay un único problema.

–¿Sólo uno? –Belinda no pudo contener el sarcasmo.

Colin asintió.

–Sí. Un divorcio sin falta todavía se puede impugnar, empezando por la presentación de los documentos para dicho divorcio.

Lo miró aturdida. ¿Qué quería dar a entender? Entrecerró los ojos.

–¿O sea que estás diciendo…?

–No voy a concederte un divorcio fácil, ni en Nueva York ni en cualquier otra parte.

–¿Has arruinado mi boda y ahora piensas arruinarme mi divorcio? –preguntó sin poder contener la incredulidad.

–Tu boda ya estaba arruinada antes de empezar porque tú seguías casada –respondió Colin–. Aunque yo no hubiera interrumpido la ceremonia, tu matrimonio con Dillingham se habría considerado nulo *ab initio* debido a la bigamia. Habría sido como si la ceremonia nupcial jamás se hubiera celebrado.

Belinda apretó los labios y él enarcó las cejas.

–Lo sé –continuó–. Es más bien una inconveniencia que tu matrimonio con Dillingham haya sido el que declararan legalmente inexistente.

–Estropeaste mi boda –lo acusó–. Elegiste el preciso momento inoportuno para realizar tu grandilocuente declaración. ¿Por qué?

–¿No deberías estar dándome las gracias por impedir que se cometiera un delito?

Ella ignoró su réplica.

–Y, para coronarlo, arruinaste mi matrimonio al cerciorarte de que no se llevara a cabo la anulación.

–¿Tu matrimonio con quién? ¿El de Tod, que jamás existió? ¿El nuestro? La mayoría de la gente afirmaría que no ultimar una anulación es el modo de evitar estropear un matrimonio.

Su obstinación no la divertía. Había ido allí para conseguir que aceptara una disolución apacible de su unión.

Colin se frotó el mentón.

–No logro entender cómo lograste mantener en secreto nuestro matrimonio de Las Vegas. ¿Llegó a saberlo Dillingham?

Belinda se ruborizó.

–Tod me apoya.

–Eso significa que no –bajó la vista a la mano de ella–. Además, no llevas su anillo. Dime... ¿cuánto te apoya? ¿O su apoyo significa esperar a un lado hasta que todo este asunto del divorcio se solucione? Pero, ¿cuánto está dispuesto a esperar?

Se miraron y Belinda se obligó a no parpadear. La verdad era que no tenía ni idea del tiempo que Tod estaba dispuesto a esperar. El fiasco de la boda había representado un buen golpe.

Colin la contempló con la cabeza ladeada.

–Ni siquiera le contaste que ya tenías un matrimonio a tu espalda. ¿Te daba miedo lo que podía pensar un viejo alumno de Eton como Dillingham de tu pequeña escapada a Las Vegas?

–Estoy segura de que sólo le habría molestado el hecho de que el novio fueras tú –respondió.

Sí, lo que tú digas, pero queda el hecho de que mentiste en tu licencia matrimonial.

El rubor de Belinda se agudizó.

Aunque ella realmente había creído que dicho matrimonio estaba anulado, y, ¿una anulación no significaba que el matrimonio en cuestión jamás había existido?

–¿Has hablado ya con un abogado? –contraatacó.

–Tú lo has hecho. ¿Por qué no iba a hacerlo yo? –fue su contestación.

–Esa es la diferencia entre Tod y tú. Él no ha hablado con un abogado –lo último que necesitaba era que los Dillingham recurrieran a acciones legales con el fin de recuperar el gasto que les había ocasionado el fiasco de matrimonio.

Colin sonrió.

–Es una pena. Porque si lo hubiera hecho, su abogado le habría dicho justo lo que me dijo el mío. Si eligiera oponerme a tu demanda de divorcio, seguirías siendo mi esposa bastante más tiempo.

–¿De modo que pretendes oponerte?

–Con todo lo que tenga al alcance de mi mano.

–Al final ganaré.

–Puede, pero estoy seguro de que los Wentworth no apreciarán la notoriedad que van a recibir.

Espantada, Belinda pensó que tenía razón. Si ese escándalo progresaba, su familia quedaría horrorizada. Y se ponía enferma sólo con pensar en la reacción de los Dillingham.

–Eres la marquesa de Easterbridge –dijo Colin, yendo al grano–. Bien podrías empezar a usar el título.

Marquesa de Easterbridge. Agradeció que sus antepasados no pudieran oír eso.

–Fue una suerte que en la licencia matrimonial de Nevada eligieras mantener tu apellido –continuó Colin–. De lo contrario, durante dos años te habrías estado representando erróneamente a ti misma como Belinda Wentworth en vez de Belinda Granville.

–Recuerdo haber elegido mantener mi apellido –espetó–. No estaba tan ebria como para olvidar ese detalle.

De algún modo, había resultado aceptable casarse con Colin pero no adoptar el apellido Granville.

Belinda Granville. Sonaba peor que Marquesa de Easterbridge. El marquesado era, sencillamente, el título de Colin, mientras que Granville había sido el apellido que habían llevado sus retorcidos ancestros.

–¿Por qué lo haces? –soltó–. No entiendo por qué no podemos tener un divorcio civilizado... o mejor aún... una anulación.

Se acercó a ella.

–¿No? Durante generaciones nada ha sido civilizado entre los Wentworth y los Granville. El fin de... nuestro encuentro en Las Vegas es la última prueba que lo demuestra.

Ella abrió mucho los ojos.

–De modo que todo se reduce a eso, ¿verdad?

Se detuvo ante Belinda.

–Pretendo conquistar a los Wentworth de una vez por todas... –bajó la vista por su cuerpo– empezando y terminando contigo, mi preciosa esposa.

Colin pensó que había tendido la infraestructura para el desastre. Había dedicado dos años y pico a planificar ese momento, cerciorándose de haber previsto cualquier posible contingencia, por más nimia que fuera.

–Excelente –dijo al teléfono–. ¿Hizo muchas preguntas?

–No –respondió su delegado–. En cuanto supo que estaba dispuesto a pagar el precio adecuado, se mostró complacido.

Y en ese momento el complacido era él.

–Tengo entendido que dio por hecho que era un oligarca ruso en busca de una adquisición de primera calidad.

–Incluso mejor –convino Colin.

Si conocía a Belinda, sabía que en las últimas semanas había estado tramando desligarse de esa unión llamando la menor atención posible. Pero en ese momento él tenía guardado un as.

Después de concluir la llamada, miró a sus dos amigos. Al recibir la llamada y comprobar quién la hacía, se había sentido demasiado impaciente por tener respuestas como para soslayarla a pesar de la presencia de compañía el jueves por la noche.

Desde sus respectivos asientos en el salón de la casa londinense de Colin, Sawyer Langsford, conde de Melton, y James Carsdale, Duque de Hawkshire, intercambiaron miradas. Habían coincidido en la ciudad al mismo tiempo y habían quedado para tomar unas copas. Todos se habían quitado las chaquetas y estaban con las corbatas aflojadas.

Como sus dos amigos aristócratas, Colin había tenido una existencia más cosmopolita que la mayoría, de modo que su acento no era marcadamente británico. No obstante, a pesar de haber viajado tanto, o tal vez por ello, Sawyer, Hawk y él se habían hecho amigos. Razón por la que parecía románticamente apropiado que los tres se hubieran implicado de forma amorosa al mismo tiempo.

Inesperadamente, Sawyer se había involucrado con Tamara Kincaid, una de las damas de honor de Belinda. Hawk perseguía con vehemencia a Pia Lumley, la organizadora de la boda, en un esfuerzo por suavizar la tumultuosa historia que tenía con ella.

En ese momento, sus dos amigos disfrutaban de más éxito que él en el terreno amoroso. Pero Colin tenía la ventaja de que Belinda ya era su esposa. Sin embargo, el hecho de que en ese momento se negara a comunicarse con él salvo a través de abogados era un claro obstáculo.

Pero no importaba. Eran marido y mujer y tarde o temprano iba a tener que hablar con él.

–¿A qué juego estás jugando, Easterbridge? –inquirió Hawk.

–Me temo que uno con apuestas elevadas –respondió Colin con tono algo aburrido–. Estoy seguro de que no querréis tomar parte en él.

Hawk enarcó una ceja.

Sawyer se encogió de hombros.

–Tú siempre has jugado tus cartas de forma reservada, Colin.

–Simplemente, hago lo que está a mi alcance para sacarle brillo al apellido Granville –«¿y qué mejor manera de lograrlo que ser el responsable de vencer finalmente a los enemigos de la familia, los Wentworth?».

Pensó en aquella noche en Las Vegas.

Nunca antes había conocido a una mujer que hubiera estado dispuesta a apostar con él. Descubrió que se trataba de un afrodisíaco poderoso.

Y al regresar al hotel de la capilla, cuando al fin se habían ido a la cama, Belinda lo había asombrado por lo natural y desinhibida que era. Sin embargo, por la mañana se había encontrado con una persona completamente diferente de la mujer ardiente con la que se había acostado.

Su orgullo se había sentido herido. Colin había estado pensando en el día que les esperaba, y en los venideros, y ella no había sabido cómo deshacerse de él con la mayor celeridad posible.

Y la enemistad Wentworth–Granville, que hasta ese momento había sido algo lejano y distante, se había vuelto algo personal. Se había jurado acabar con las tablas reinantes entre las dos familias de una vez por todas.

Siempre que jugaba lo hacía para ganar. Razón por la que se había embarcado en la compra de unas excelentes propiedades en Londres sin que lo supieran los Wentworth.

–Ten cuidado, Easterbridge –aconsejó Hawk–. Hasta los jugadores expertos pierden. Últimamente no te he ganado al póquer, pero, por otro lado, se podría argumentar que eso sólo significa que a la vuelta de la esquina te espera una mala racha.

Colin sonrió.

–Me siento feliz con las cartas que tengo en este momento.

Capítulo Cuatro

Siete meses después sería libre.

O, al menos, soltera otra vez... no estaba segura de si alguna vez estaría libre de obligaciones y expectativas familiares. Para empezar, su familia mantenía la expectativa de que volvería a casarse... y casarse bien.

Al introducir el coche de alquiler en el camino de la propiedad privada, se obligó a relajarse.

Nevada era conocido por conceder anulaciones rápidas y simples. Y, por suerte para ella, al haberse casado en Las Vegas, ni siquiera tendría que establecer las seis semanas habituales de residencia en el estado con el fin de aprovechar ese sistema judicial.

Colin le había puesto obstáculos tiempo más que suficiente. Belinda había pasado meses echando humo, sin querer un escándalo pero tampoco sin saber cómo evitarlo. En ese momento esperaba que su matrimonio se disolviera con tranquilidad.

Iba a jugársela tratando de obtener una anulación, algo que, a diferencia de Nueva York, en Nevada era algo relativamente sencillo. Si la conseguía, sería como si su matrimonio jamás hubiera tenido lugar.

Por desgracia, su relación con Tod se había ido enfriando. Cada uno había seguido su propio camino y no podía culparlo. ¿Quién iba a querer esperar mientras su prometida seguía casada con otro hombre?

Había buscado un encargo laboral en Nevada para poder obtener la anulación sin que nadie sospechara nada sobre su objetivo real.

Por suerte, un coleccionista anónimo deseaba que evaluaran su colección privada de impresionistas franceses.

Cumpliría con su trabajo, y mientras tanto, ya tenía programada para el día siguiente una cita con un abogado con el fin de estudiar el papeleo para el proceso.

Bajó del coche ante una impresionante casa de estilo colonial y respiró el aire fresco. Miró alrededor del camino, vivo con los colores de las flores de los cactus. El clima en esa zona de Las Vegas era suave y acogedor en marzo… un gran contraste con el de Nueva York o el de Inglaterra. Una ligera brisa le acariciaba los brazos, que llevaba al descubierto con el vestido sin mangas de color trigo, ceñido a la cintura por un cinturón.

Le habían informado de que la mansión era más una inversión y que su dueño residía en otra parte. No obstante, parecía estar muy bien cuidada. Era evidente que estaba dispuesto a invertir tiempo y esfuerzo en su propiedad.

No vio ningún otro vehículo en la entrada, aunque sabía que un pequeño personal de servicio se ocupaba de que la mansión funcionara con precisión.

A los pocos minutos, el ama de llaves con quien había hablado a través del interfono de la puerta metálica de la entrada le abrió la antigua puerta de arco de madera. La mujer, de mediana edad, la saludó con una sonrisa y la condujo al interior.

Después de declinar cualquier refresco, dejó que la mujer le mostrara la planta baja de la casa. Como tasadora de arte, a menudo le resultaba de utilidad ver cómo vivían los clientes en general. Ahí las habitaciones eran grandes y decoradas con gusto, aunque carentes de recuerdos personales... parecía una fotografía para un catálogo de cosas del hogar. Supuso que no debería sorprenderle, ya que la mansión sólo era una inversión.

Quince minutos más tarde, siguió a la mujer a la primera planta, que servía, más o menos, como galería de arte.

Cuando el ama de llaves abrió las puertas dobles, Belinda entró en la vasta sala... y de inmediato contuvo la respiración.

Identificó un Monet, un Renoir y un Degas. Eran obras poco conocidas, por supuesto, ya que las más famosas se repartían por los museos más importantes del mundo. No obstante, desde su punto de vista de experta, no existía algo parecido al Renoir que tenía delante.

Y lo más importante fue que reconoció los cuadros como obras que habían salido a subasta en los últimos años... subastas suyas. Que había organizado tan bien como para valerle un ascenso en Lansing's.

Entonces se preguntó quién o quiénes habían sido los misteriosos compradores. En su línea de trabajo, no era inusual que alguien quisiera mantener el anonimato, a veces comprando a través de terceros. Pero quienquiera que fuera el dueño, Belinda lo había envidiado incluso entonces.

Los cuadros eran hermosos, obras de arte románticas. Deseó poseer el dinero para comprarlos. Admiró la sensibilidad de quien los había adquirido y el buen sentido mostrado en el modo en que exhibía los lienzos.

El ama de llaves le sonrió y asintió con cortesía.

–La dejaré hacer su trabajo.

–Gracias.

En cuanto se quedó sola, fue al centro de la sala. Permaneció allí un momento, girando primero hacia el Renoir y luego hacia el Monet. Se sentó en un sillón próximo para contemplarlos con más detenimiento.

Le encantó que los cuadros hubieran permanecido juntos. Eran de los que más le gustaban de todos los que había tenido la fortuna de que pasaran por su despacho. Había desempeñado bien su papel y los había vendido a unos precios excelentes. Los había repartido entre muchos compradores… o eso había creído.

Aunque en ese momento podía volver a disfrutar de ellos.

El Monet era una mujer y un hombre en concentrada conversación contra un paisaje verde. El Renoir una pareja que bailaba en un abrazo íntimo. Y el Degas una bailarina retratada haciendo una pirueta.

Pasado un rato, se levantó y se acercó al Renoir para inspeccionarlo más detenidamente.

Por supuesto, las pinceladas eran tal como ella las recordaba.

Oyó que se abría la puerta de la sala y, antes de que pudiera volverse, una voz llegó hasta ella.

–Creo que valen más que lo que pagué por ellos.

El tono era seco, divertido… y familiar.

Se quedó paralizada antes de girar unos segundos más tarde y encontrarse con los ojos del marqués de Easterbridge.

–Tú.

–Me parece que el término correcto es marido –Colin sonrió.

–¿Cómo has llegado aquí?

–Esta casa es mía –respondió divertido.

Belinda lo miró atónita mientras intentaba asimilar esas palabras.

Se lo veía en un estado de forma perfecto. Llevaba una camisa blanca con los puños remangados y pantalones oscuros. Dio por hecho que se los había hecho el sastre de Savile Row que los Granville habían empleado durante generaciones.

Mostraba su ecuanimidad y seguridad habituales.

–¿Regresas al escenario del crimen? –no pensaba darle la satisfacción de mostrar su enfado por el modo en que la había engañado.

–¿Te refieres a nuestra boda? Es nuestro tercer aniversario, ¿sabes?

Ella fingió indiferencia.

–¿En serio? No lo recordaba. Lo único que de verdad espero es la oportunidad de celebrar nuestra anulación.

Colin avanzó.

–¿De modo que ese es el motivo de que hayas vuelto a Las Vegas?

–Con o sin tu cooperación –afirmó de forma tajante.

Él continuó impasible y gesticuló abarcando la sala.

–Espero que disfrutes examinando estas obras de arte.

Lo observó con suspicacia.

–¿Qué tramas?

–¿No es obvio? –esbozó una leve sonrisa.

–Me tentaste a venir aquí.

–Todo lo contrario, viniste por voluntad propia con el fin de conseguir la anulación –la estudió–. Reconozco que adiviné que tarde o temprano regresarías a Las Vegas. Pensé en hacer que tu viaje mereciera la pena.

–¿Por lo que haces que te tasen y evalúen unas obras impresionistas? –se mofó–. ¿Planeas venderlas? –a pesar de sí misma, esa idea la entristeció y lamentó carecer de los medios para ofrecerse a comprárselas.

Colin ladeó la cabeza.

–No, no tengo intención de vender. Por el momento, estoy mucho más interesado en cultivar mis inversiones.

Sintió un gran alivio, a pesar de que lo que él hiciera o no hiciera no era asunto suyo.

–Has adquirido estos cuadros hace poco. ¿Por qué quieres que te los tasen? No ha pasado tiempo suficiente para una revalorización significativa –frunció los labios–. Sabes que son auténticos. Yo personalmente avalo eso.

–Ah, la autenticidad –murmuró él–. Es justo lo que busco.

Ella intuyó que podía estar hablando de algo que no fueran los cuadros.

–Como he dicho –prosiguió Colin–, quería confirmación de que pagué un buen precio. Como la mayoría de mis inversiones, creo que valen más que aquello para lo que los compré... al menos ahora.

Una vez más Belinda experimentó la sensación incómoda de que en sus palabras había un doble sentido que no terminaba de entender.

–No se puede poner un número preciso al arte, aunque muchos lo intentan –respondió–. Después de todo, la belleza está en los ojos del observador.

–Eso tengo entendido –respondió con suavidad, observándola de arriba abajo.

Ella sintió el peso de esa mirada en sus pechos y en la unión de sus muslos. Bastó para sacar su instinto combativo.

–¿Por qué haces esto? –era hora de dejar de lado toda simulación.

–Quizá me gustaría poder ser considerado la

persona que al fin logró enterrar la enemistad Wentworth–Granville –contestó con la suficiente honestidad como para no fingir haberla malinterpretado.

–Si quieres ponerle fin a esta enemistad entre nosotros, lo único que tienes que hacer es firmar los papeles de la anulación.

–Reclamar algo así apenas tiene valor... es demasiado pasivo.

–Siempre podrías divorciarte de mí aduciendo adulterio –le sugirió con esperanzas.

Soltó el comentario grosero como una jugada calculada que lamentó cuando la expresión de Colin se mostró posesiva.

–¿Tuyo o mío? –preguntó él.

–Mío, por supuesto.

–Mientes muy mal.

–No sé a qué te refieres.

–Claro que lo sabes. Nunca te acostaste con Dillingham.

Su audacia la dejó sin aliento.

–¿En serio? –repuso con desdén–. ¿Y cómo puedes saberlo tú? ¿Estás seguro de que me has echado a perder para otro hombre?

–No, pero un matrimonio pactado para salvar la granja de la familia rara vez rebosa pasión –la vio contener el aliento–. Y luego está el hecho de que tuviste sexo conmigo aquí en Las Vegas sólo después de que nos casáramos. ¿Qué mencionaste que habías llegado a entender? ¿Que buscabas a un hombre que fuera en serio? Imaginé que con Tod habías decidido obrar igual... hacerlo esperar.

Salvo que yo te estropeé los planes con Dillingham, ¿verdad? –añadió Colin–. Y ahora, desesperado, el tío Hugh ha decidido encargarse de todo. Apuesto a que no tenías ni idea de que la situación financiera de los Wentworth era tan desesperada.

–¿Qué quieres decir? –abrió mucho los ojos. Debería haber imaginado que Colin se guardaba un as en la manga, ya que estaba al corriente por sus empresas inmobiliarias de que poseía una perspicacia casi sobrehumana con los números y dónde invertir.

–¿Has hablado últimamente con tu tío? –replicó.

–No –Belinda pensó con celeridad–. ¿Qué pasa con el tío Hugh?

–Nada. Pero ha dejado su casa de Mayfair.

Belinda sabía que su tío se movía mucho.

–No hay nada raro en…

–De forma permanente.

–¿Por qué iba a hacer algo así?

–Porque la casa de Mayfair ahora es mía.

Ella movió la cabeza.

–Eso es imposible –unos meses atrás había estado en la dirección de Mayfair que había pertenecido a los Wentworth durante generaciones. Cierto que su tío había parecido preocupado, pero en ningún momento habría imaginado…

–Todo lo contrario, descubrirás que las escrituras se han registrado… a diferencia de nuestra anulación. Tu tío todavía puede residir en sus mansiones, pero es por consentimiento mío.

Belinda lo miró atónita.

–¿Por qué diablos te iba a vender el tío Hugh la casa de Londres a ti? Eres la última persona del mundo a quien se la vendería.

–Es sencillo –dijo Colin con tono seco–. Desconocía que el comprador final era yo. La casa se vendió a una de mis empresas. Es de suponer que no sabía que yo era el accionista principal.

Lo miró asombrada. Se dijo que no podía ser...

Colin se encogió de hombros.

–Fue una venta rápida por un precio satisfactorio. Al parecer tu tío buscaba una inyección veloz de efectivo.

–¿Qué tiene que ver eso conmigo? –demandó desafiante.

–También soy dueño de la más grande de las dos mansiones de Berkshire.

Belinda se encogió de hombros. La familia Wentworth tenía, algo un tanto inusual, dos mansiones en Berkshire. La más pequeña era la de origen más reciente, entrando en el patrimonio familiar mediante el matrimonio de su tatarabuela. La más grande, la que al parecer, si se podía creer en la declaración que acababa de emitir, en ese momento estaba en manos de Colin, había pertenecido a la familia desde los tiempos de Eduardo III. Downlands, como se llamaba, lindaba con la tierra de los Granville y en el siglo XIX había sido tema de una prolongada disputa de demarcación territorial con la familia de Colin.

A Belinda le daba vueltas la cabeza. Se dijo que ella no era responsable de las propiedades de los

Wentworth. Después de todo, su vida estaba en Nueva York como tratante de arte. Las disputas familiares apenas la alcanzaban... ¿o no era así?

–Supongo que adquiriste la mansión de Berkshire mediante una compra anónima similar. La empresa privada que utilizaste para la transacción no sería LG Management, ¿verdad? –mencionó la compañía misteriosa que le habían informado de que era la propietaria de la hacienda de Las Vegas en la que estaban.

Colin inclinó la cabeza.

–LG Management, sí –sonrió–. Lord Granville Management.

Belinda entrecerró los ojos.

–Qué astuto.

–Me alegra que lo pienses.

¿Cómo era posible que las propiedades familiares se hubieran visto tan menguadas sin que ella fuera consciente? ¿Tan acuciante era la situación financiera de la familia?

–¿Cómo pagaste tu lujosa boda con Tod? –preguntó Colin como si le leyera la mente.

–No es asunto tuyo –respondió con culpabilidad.

Colin se metió las manos en los bolsillos.

–Imagino que, de acuerdo con la costumbre, los Dillingham corrieron con parte del coste, pero en cuanto a la cuota de los Wentworth, no me creo que tú asumieras toda la carga.

La verdad era que ella había pagado una parte de la boda. Pero cuando el tío Hugh y su madre insistieron en celebrar algo lujoso, había terminado por ceder… con la condición de que ellos se ocuparan de los gastos adicionales.

–Imagino que Hugh vio tu boda como la fuga de Napoleón de Elba –dijo, conectando los puntos por ella–. Fue su última jugada desesperada para salvar el legado de la familia mediante una infusión nueva de dinero de los Dillingham. Por desgracia, a cambio se convirtió en su Waterloo.

Lo miró incrédula. Resultaba inconcebible que en ese momento un Granville fuera dueño de una propiedad de los Wentworth. Aunque también a mucha gente le era difícil asimilar que una Wentworth, ella, estuviera casada con un Granville.

Pero se dijo que no todo estaba perdido.

–Aunque seas el dueño de ambas propiedades –replicó–, como tu esposa, tengo derecho sobre ellas. Después de todo, estamos casados.

Había aprendido algo tras consultar con un abogado matrimonialista.

Los ojos de Colin brillaron con admiración.

–Sí, pero como mucho a la mitad. Y en el mejor de los casos lograrías conseguir una cuenta legal, pero entonces sólo tendrías derecho a una parte del valor efectivo de la venta de las propiedades a una tercera parte.

El muy canalla. Colin litigaría. Debería haber reflexionado mejor antes de pensar que podría superarlo en lo que mejor se le daba. Los tiburones de los negocios como él mantenían bien alimentadas a las manadas de abogados corporativos.

–Como nuestro matrimonio ha sido breve y ha estado muerto desde el primer día, es improbable que un tribunal lo tome como un argumento válido. En cualquier caso, imagino que tu principal prioridad sería tratar de recuperar la mansión de campo de los Wentworth.

Tenía razón y trató de no reflejar la derrota que sentía.

–Parece que estamos en un callejón sin salida –concluyó él.

–Es evidente que lo has meditado bien –lo acusó.

–Bastante, pero tres años es mucho tiempo para cavilar... sobre tener una esposa sin derechos conyugales.

Belinda sintió que el rubor le subía al rostro.

–¿Qué te hace pensar que me importa lo que sea de unos edificios viejos y unas tierras del otro lado del océano?

–Oh, sí te importa –contradijo con suavidad–. Pasaste tu infancia en la casa de Mayfair y en la mansión de Berkshire –la vio morderse el labio inferior–. Yo sólo te observaba desde lejos –añadió con tono burlón–, pero fui bastante consciente de tus idas y venidas como para entender al menos eso.

Lo maldijo para sus adentros porque tenía razón.

Recordó correr por los pasillos de la casa de Mayfair con cuatro o cinco años y, más adelante, aprender a montar a caballo en la mansión de Berkshire. Y en su adolescencia había visto a su madre prepararse para las innumerables cenas y fiestas a las que la habían invitado a incorporarse. Allí había conocido por primera vez a los artistas de renombre nacional e internacional y aprendido a amar el arte que había convertido en una carrera.

–¿Qué quieres?

–A la mujer con la que me casé. La que tomaba decisiones por su cuenta en vez de seguir las pautas de la familia. Por una esposa como esa, podría estar dispuesto a alcanzar cierto compromiso acerca de la disposición de mis propiedades.

–No me siento tan rebelde como para ser tu esposa.

–Eres más rebelde de lo que piensas –se acercó y Belinda enarcó las cejas con sarcasmo–. Se podría decir que tu traslado a Nueva York, distanciándote de los demás Wentworth, fue un pequeño acto de rebeldía. Pero tú eliges –expuso–. Puedes elegir anular nuestro matrimonio a la espera de conseguir otro marido seguro y que apruebe la familia o puedes ser alguien que vive la vida de acuerdo a los términos que ella misma se impone. ¿Qué será?

–Con franqueza, es como si Darth Vader me ofreciera un trato –espetó, ocultando su repentina confusión.

Colin soltó una carcajada.

Belinda tragó saliva. A pesar de su respuesta frívola, las palabras de él se habían acercado al blanco. Pero de inmediato se dijo que no sabía nada de su vida. Ella sólo estaba siendo responsable.

–¿Qué obtienes tú con esto? –quiso saber.

–Ya te lo he dicho. Cuido una inversión.

–¿Y eso qué significa? –inquirió, ocultando su frustración.

–¿Importa? Tu lado del juego está claro. Puedes hacer lo que dicte tu familia y ponerle fin a nuestro matrimonio, aunque eso quizá deje la herencia de los Wentworth exclusivamente en mis manos. ¿Es lo que quieres?

La verdad era que ya no sabía lo que quería. Había demasiado en juego y él era demasiado atractivo, se hallaba demasiado cerca y parecía muy poderoso y en control.

–La opción es mejor –la tentó–. Al seguir casada conmigo, puedes rebelarte y al mismo tiempo desempeñar el papel de hija y sobrina devota. Es raro que se presente semejante oportunidad. Sigue casada conmigo y podrás trasladar estos cuadros a Downlands.

–¿Downlands? –se humedeció unos labios súbitamente secos–. Esa propiedad ya no es mía.

–Podría ser únicamente tuya –explicó él con suavidad–, si seguimos casados. Firmaré ese contrato.

No estaba preparada para eso. Necesitaba tiempo para procesar... para pensar...

Pero Colin no le daba ni tiempo ni espacio. Se acercó.

Sintió un hormigueo por sus terminales nerviosas.

Sus ojos se sintieron atraídos por la cara de él, los pómulos, la nariz, la boca. Para ser un hombre duro, tenía unos labios suaves.

Como bien sabía. La noche de bodas Colin había besado cada centímetro de su cuerpo echado sobre las sábanas de satén negro, con los pétalos de las rosas que había logrado conseguir para la ceremonia diseminados al azar alrededor de ellos.

Había usado los pétalos para hacerle cosquillas y excitarla hasta que la había tenido gimiendo y retorciéndose, prácticamente jadeando para que la tomara.

Él se había visto afectado de la misma manera. El corazón le había latido con fuerza y cuando se deslizó dentro de ella, no había albergado ni un ápice de duda acerca de cuánto la deseaba.

–Se te ve casi somnolienta –musitó Colin.

Ella alzó la vista y sintió que las mejillas se le encendían.

Él parecía divertido.

–¿En qué pensabas? ¿Recordabas la última vez que habíamos estado en Las Vegas?

¿Recordar? Podía sentirlo en cada poro como una caricia etérea.

–Fue un error –respondió de manera automática.

–¿Cómo lo sabes? –contrarrestó–. Te niegas a probar la proposición.

–No necesito volver a tocar fuego para saber que me quemaré.

–Interesante elección de palabras –murmuró él–. ¿Eso fuimos? ¿Nos quemamos con fuego?

–Yo no he dicho…

La calló con un dedo en los labios.

Los dos se quedaron quietos, buscando en los ojos del otro.

Él bajó la mano para realizarle una caricia leve en el mentón y la garganta.

Con el dedo pulgar sintió el latir rápido de su corazón... ambos sabían afectados por el momento.

–Fue bueno, ¿verdad? –frotó con suavidad el pulso errático–. El mejor sexo que jamás he experimentado.

Belinda tragó saliva y entreabrió los labios. Había intentado no pensar en aquello, pero, sí, había sido la noche más sensacional de su vida.

–¿Debería sentirme halagada? –desafió.

Él rió.

–Quizá sea más apropiado decir afortunada, ya que puedes tener gratis varias noches similares.

–Todo tiene un precio.

–Yo estoy dispuesto a seguir pagando.

–¿Y qué tendré que pagar yo?

–Prácticamente nada, comparado con lo que recibirás... y con lo que podemos crear juntos. Lo que hemos creado juntos, ¿recuerdas?

–Fue Las Vegas, que te lleva a hacer cosas descabelladas.

–Estamos de vuelta aquí, respiramos el mismo aire. Y es nuestro aniversario.

Santo cielo.

–Nuestras familias son enemigas. Fue un sexo prohibido, nada más.

–Estamos casados. Soy legalmente tuyo y eres legalmente mía.

–Sólo porque tú no has jugado limpio.

–Dijiste que querías un hombre que se comprometiera porque ya te habías quemado antes. Sin embargo, a la mañana siguiente me echaste.

–¿Es eso lo que quieres ahora, revancha de sexo?

La sonrisa de él fue enigmática.

–¿Esa va a ser tu excusa si resulta tan explosivo?

Fue a girar la cabeza, pero la boca de él cayó sobre la suya antes de que la negación pudiera ser completa.

Tres años. Tres años había vivido con el recuerdo de lo que era besar a Colin Granville y ser poseída por el marqués de Easterbridge.

Sin embargo, en un momento el recuerdo se vio desterrado por una realidad aun más vívida.

Si Colin se hubiera mostrado exigente, habría tenido una posibilidad de resistirse. Pero la besó con suavidad, como si disfrutara de una bebida dulce y dispusiera de todo el tiempo del mundo.

Sabía a menta y a calidez. Le introdujo la lengua en la boca y la instó a profundizar el beso.

A Belinda le resultó embriagador y sin un respiro.

Colin deslizó la mano a su trasero y la atrajo contra la innegable erección que tenía mientras le apoyaba la otra mano en la espalda y la moldeaba contra él.

Pudo sentirlo todo a través de la tela fina del vestido. Fue consciente de que los pezones se le endurecían y se pegaban contra el muro inamovible del torso de Colin.

Había mantenido la esperanza de haber exagerado los recuerdos, pero él estuvo a la altura de las expectativas y más.

Hallarse en sus brazos era una mezcla embriagadora de peligro, como si caminara junto a un precipicio, y alivio. Era un hombre sólido, cualificado y la hacía sentir extrañamente libre, como si a su lado al fin pudiera ser realmente ella misma.

Era extraño. No debería sentirse como si él fuera alguien con quien pudiera quitarse una carga. Se recordó que era un Granville y que aún no sabía qué juego estaba jugando. Tampoco ayudaba haber confirmado que seguía provocándole una reacción sexual visceral.

Se quedó quieta y luego se apartó.

A regañadientes, Colin la dejó ir.

Con respiración jadeante, se miraron.

Los ojos de él brillaron, pero entonces recuperó el dominio sobre sí mismo y apagó los fuegos.

Belinda apenas podía imaginar cuál sería su aspecto. Los labios le hormigueaban por el beso y tuvo que luchar contra el impulso súbito y perturbador de regresar a los brazos de él en busca de más.

Con un supremo esfuerzo, se inclinó a recoger su bolso, luego giró en redondo y fue presurosa hacia la puerta.

No le importó saber que huía... y que él se lo permitía.

–Los cuadros... –dijo Colin a su espalda.

–El precio es demasiado alto..

Capítulo Cinco

Belinda miró alrededor de la elegante casa de Mayfair. Su visita parecía la última… con una diferencia importante.

La casa ya no pertenecía a los Wentworth, como había sido durante generaciones, ya sólo era un préstamo. A pesar de la imagen que proyectaban las antigüedades de la familia, todo era efímero.

Su tío seguía residiendo allí por la concesión del marqués de Easterbridge, quien podía decidir echarlo cuando le apeteciera.

–Dime que no es verdad.

Soltó las palabras sin preámbulo alguno después de presentarse sin ser anunciada en la biblioteca. Sabía que era una conversación demasiado importante como para mantenerla por teléfono, por ello había regresado a Londres nada más volar de Las Vegas a Nueva York sin producirse ningún progreso en la anulación.

El tío Hugh la miró desde detrás del escritorio.

–¿De qué estás hablando, querida? –movió la cabeza–. Ni siquiera sabía que estuvieras en Londres. Veo que estos días llevas una existencia itinerante.

–He llegado esta mañana –miró a su alrededor–. Dime que no has vendido la casa.

Pasado un momento, el tío Hugh se hundió de forma visible.

–¿Cómo lo has averiguado?

–¿Importa?

Le pareció propio de Colin dejar que fuera ella quien le transmitiera la devastadora revelación a su tío de que el comprador era el marqués de Easterbridge.

No obstante, se preguntó qué significaría. ¿Podría llegar a pensar que sería más compasivo dejar que fuera ella quien le revelara la noticia en vez de hacerlo él?

–Se me garantizó que reinaría la discreción –manifestó el tío Hugh a la defensiva–. Yo seguiré viviendo aquí y en la mansión de Berkshire y nadie tiene por qué enterarse del cambio de propietario.

Belinda lo miró con el corazón encogido.

–¿Quién te garantizó esa discreción y durante cuánto tiempo? ¿El multimillonario ruso al que creíste que le habías vendido la propiedad como una inversión?

Su tío asintió.

–El acuerdo era que yo siguiera viviendo aquí durante años –hizo una pausa–. ¿Cómo lo has averiguado? Si tú lo sabes, entonces…

–Caíste en una trampa. Un entramado de corporaciones ha ocultado la identidad del comprador, pero éste no es otro que el marqués de Easterbridge.

El tío Hugh pareció atónito y luego inclinó la cabeza para apoyar la frente en la mano.

–¿Por qué no me dijiste que las finanzas de la familia estaban tan mal? –quiso saber.

–Tú no habrías podido hacer nada.

–¿Cómo hemos llegado a esta situación?

Tenía derecho a saberlo, en particular porque se hallaba en una situación delicada para sacarlos de ese cenagal.

Su tío alzó la vista y movió la cabeza con expresión de súplica.

–Nuestras inversiones financieras no han funcionado bien en los últimos años. También hay miembros de la familia con asignaciones económicas considerables. Tu madre...

Ninguno de los dos necesitaba decir más. Belinda era bien consciente del estilo de vida de lujo de su madre. Sin embargo, no mencionó los propios gustos caros del tío Hugh. Por supuesto, éste no los vería de esa manera.

En cuanto a ella misma, complementaba su modesto sueldo en Lansing's con un pequeño fideicomiso que sus abuelos y su padre le habían dejado, por lo que no había necesitado solicitar una asignación mensual.

Estudió a su tío. Siempre había sido una figura importante en su vida... alguien a quien admirar y respetar. Había crecido bajo su techo. Pero en ese momento parecía reducido por algo más que los simples años. Los papeles se habían invertido y se sintió incómoda, como si reprendiera a un niño.

El tío Hugh inclinó la cabeza.

–Todo se ha venido abajo.

–No del todo.

El hombre mayor alzó la vista.

–¿Qué quieres decir?

–Que Colin es reacio a concederme el divorcio, aunque en última instancia puede que no le quede más elección –empezaba a descubrir que nada estaba tan perdido como se tendía a creer en una situación desesperada.

La expresión del tío Hugh se iluminó.

–Quizá dispongamos de un elemento de presión.

–Sabía que pensarías así –comentó con tono seco.

–Sí, sí –parecía más animado por segundos–. Debes seguir casada con él.

Belinda se mordió el labio. ¿Seguir casada con Colin? Desde que se marchó de Las Vegas había evitado pensar en dicha posibilidad.

El tío Hugh se sentó más erguido.

–Dile que seguirás casada con la condición de que te entregue legalmente las propiedades a ti.

–¿Qué? –se sentó porque no le gustaba la dirección que tomaba la conversación–. ¿Qué posible motivación tendría para hacer algo así? Lo más probable es que piense que me divorciaré de él en cuanto tenga las escrituras a mi nombre, ¡y no se equivocaría!

–Entonces, negocia –le indicó el tío–. Haz que te vaya entregando las propiedades una a una.

Belinda sintió como si su estómago fuera una montaña rusa.

–¿Un acuerdo postnupcial?

–Exacto –Hugh asintió–. Se hace a menudo.

Belinda se mordió el labio y se preguntó por qué dependía de ella salvar la suerte y la fortuna de la familia.

Colin tenía razón... esa era su oportunidad de ser la hija rebelde y devota al mismo tiempo. Pero jamás habría soñado con que el tío Hugh se aferrara a la idea con tal entusiasmo.

Resultaba ridículo e indignante, pero se encontró considerándolo. Si era ella quien había instigado el afán de revancha de Colin con su actitud, ¿no era la responsable de rectificarlo?

Su mundo ya no era un cuadro prolijo, sino un lienzo atravesado por franjas de colores nuevos e inesperados.

Ya no se enfrentaba a la cuestión relativamente sencilla de disolver su matrimonio con Colin. La herencia de los Wentworth se hallaba en manos de los Saville. Y la importante faceta responsable que llevaba dentro no le permitiría marcharse sin realizar un esfuerzo para subsanarlo, en especial si parte de la situación que vivían era culpa suya.

Pero aunque ella fuera la responsable, ¿sería capaz de llevar un juego con apuestas tan altas contra un jugador tan experimentado?

El teléfono móvil le interrumpió los pensamiento; lo sacó del bolso y leyó el mensaje de texto: «Nos Vemos @ Halstead – AM»

La mente le dio vueltas. El mensaje se podía interpretar como una orden, una petición o una pregunta. Halstead Hall era la residencia familiar en Berkshire del marqués de Easterbridge. Aunque no reconoció el número de teléfono, no había posibilidad de error acerca de quién había enviado el mensaje. Colin se había identificado como AM... «amante marido» en la jerga abreviada de los mensajes de texto.

Sólo había una manera de averiguar la respuesta a la pregunta de si estaba dispuesta a acometer la tarea de salvar la fortuna familiar de los Wentworth.

–Seguiré casada contigo.

Se sintió como el general de un ejército derrotado que era convocado para firmar el tratado de paz cuyos términos habían sido redactados por el otro bando. Su misión era salvar lo que pudiera.

El clima de marzo la había impulsado a ponerse un vestido de lana de cuello vuelto y botas de caña alta.

Colin se hallaba junto a la chimenea de un salón en Halstead Hall. Llevaba puesto un jersey y un pantalón de lana... el típico atuendo del caballero inglés en la campiña.

Enarcó una ceja.

Intentó no mirar alrededor porque temió verse impresionada. Nunca había estado dentro de la mansión pero, desde luego, tanto la casa como los terrenos circundantes le resultaban familiares. Formaban un hito en Berkshire y, además, ella había crecido prácticamente al lado.

La casa era un monolito inmenso con belleza propia. Se había iniciado en el siglo XVI y, desde entonces, se le habían ido añadiendo anexos. Había suficientes torreones, entradas abovedadas y ventanas acristaladas como para impresionar al experto más erudito, por no mencionar al típico turista.

Le había resultado casi cómico que le abriera el ama de llaves y se dirigiera a ella como Lady Granville. Era evidente que Colin había informado a su personal sobre lo que debía esperar después de que ella contestara a su mensaje de texto, aceptando verse allí.

Y si el exterior de Halstead Hall era un testamento impresionante de siglos de riqueza y poder, entonces el interior era testigo del dinero y el prestigio que tenía su actual ocupante.

Todo había sido actualizado para la comodidad moderna, sin desdeñar la armonía con la historia y la majestuosidad de la casa. Hasta el último rincón del vasto interior tenía calefacción central, tuberías de cobre, aislamiento térmico y suelos que apenas crujían.

Exhibía ornamentados techos de escayola, muebles antiguos y bustos de mármol. Reconoció cuadros de Rubens y Gainsborough entre otros.

Marcando un contraste deprimente con las propiedades de los Wentworth, cuya riqueza no tenía el calibre de la que se veía en Halstead Hall. Sabía que Downlands necesitaba una perentoria modernización de su calefacción y tuberías y que la casa de Mayfair en Londres requería un tejado nuevo.

–Por supuesto tienes condiciones –indicó Colin con suavidad–. ¿Una de ellas acaso es celebrar una ceremonia de boda que no sea en una capilla de Las Vegas?

–No, en absoluto –no apreció su humor sarcástico, y menos en esa situación en la que casi regresaba para suplicar–. He dicho que seguiría casada... no que volvería a casarme contigo.

–¿Hay alguna diferencia? –preguntó con tono burlón y mirada penetrante.

–Por supuesto. ¿Puedes imaginarte lo que harían nuestras familias si tuvieran que compartir bancos en una iglesia separadas sólo por un pasillo?

–¿Hacer las paces y atribuirlo a la intervención divina? –aventuró.

–Estoy segura de que todo lo contrario.

–Podría ser un buen espectáculo.

–Preferiría arriesgarme con un imitador de Elvis.

–Casi lo hiciste.

–No me lo recuerdes –a duras penas había declinado tener como testigo a un imitador del Rey.

–Bien, ¿cuáles son tus condiciones?

–Quiero que pongas legalmente a mi nombre las propiedades de los Wentworth.

–Ah –los ojos de Colin brillaron, como si hubiera estado esperando esa exigencia.

Belinda alzó el mentón.

–Es un acuerdo justo. Después de todo, son lo que mantienen vivo este matrimonio.

Él ladeó la cabeza.

–Teniendo en cuenta tu débil posición de negociación, es una exigencia impresionante. Después de todo, tu único comodín es la amenaza de disolver nuestro matrimonio, en cuyo caso no terminarías necesariamente con las mansiones Wentworth en tu poder.

Belinda sintió que se le enrojecía la cara, pero no cedió.

En sus años como especialista en arte había aprendido algunas cosas. Una de ellas que lo mejor era empezar pidiendo mucho más que lo que podía esperar conseguir. Dependía de él realizar una contra oferta.

–Y lo que es más –prosiguió Colin–, ¿qué garantías recibo yo de que en cuanto te ceda las propiedades no saldrás corriendo a Las Vegas en busca de una disolución?

–Tienes mi palabra.

Colin rió.

–Eres deliciosa, pero eres una Wentworth.

–Y tú un Granville.

–Se reduce a eso, ¿verdad? –recibió una mirada seria–. Sugeriré un compromiso.

–¿Oh? –«aquí viene».

–Sí –prosiguió él–. Te cederé legalmente las propiedades una a una según una agenda. Cuanto más tiempo estemos casados, más recibirás si nos divorciamos.

Belinda experimentó una sensación de alivio. Colin sugería exactamente lo mismo que había hecho su tío hacía tres días en Londres.

Tenía que reconocer que el plan tenía una especie de lógica demencial. Después de todo, y dadas sus preferencias, ella iría al día siguiente a pedir la anulación, mientras que eso no era lo que haría Colin. De ese modo, obtenían un matrimonio de duración indefinida… no para siempre, pero tampoco acabado al día siguiente.

–Una propiedad cada seis meses –se obligó a plantear la exigencia sin parpadear.

Colin, veterano jugador que era, sonrió.

–Eres una buena negociadora.

–Me gano la vida evaluando y subastando arte.

Él inclinó la cabeza.

–Supongo que en ese sentido nos parecemos. Los dos somos diestros en el arte de la negociación.

No quería descubrir que tenía una cosa más en común con él. Ya tenían demasiadas.

–No has dicho si aceptas mis condiciones –le recordó.

–Un año para cada una, y al final de los dos, tanto la casa de Londres como la mansión de Berkshire son tuyas.

Abrió la boca para protestar. ¿Dos años?

Sin embargo, tuvo que reconocer que se trataba de una oferta bastante justa. Y dos años le dejarían tiempo más que suficiente para seguir con su vida una vez terminado el matrimonio.

–Acepto –pero quiso dar un paso más–. ¿Y qué me impedirá divorciarme una vez cumplido el plazo?

La sonrisa de Colin fue enigmática.

–Quizá confío en el hecho de que no querrás hacerlo.

Esa bravata la sorprendió y la dejó sin aliento.

–La posición de marquesa tiene sus beneficios inherentes –añadió con voz baja y seductora–. Mansiones, coches, viajes…

–He visto dinero y fama suficientes. Me los encuentro de manera asidua como parte de mi trabajo en Lansing's.

–¿Con qué más podría tentarte? –se encogió de hombros con gesto relajado.

–Me sorprende que no te pusieras a ti mismo primero de la lista –lo desafió.

Colin rió.

–De acuerdo, yo.

Hacía tres años en Las Vegas se le había dado fatal resistirse a sus encantos. ¿Cómo iba a levantar un muro en torno a él durante todo el tiempo del trato?

De pronto Colin la miró con renovada intensidad.

–Fue estupendo, ¿verdad? Me refiero a los dos.

–Yo había perdido el juicio…

–Con pasión, no lo niegues.

–Había bebido un par de copas…

Él agitó la mano.

–Eso fue horas antes.

No sabía si tomárselo en serio. Diría cualquier cosa para ganar, salvo que Belinda no estaba segura de cuál era el fin del juego.

–¿Por qué haces esto? –soltó.

–Quizá disfruto con el reto de ir donde ningún Granville ha ido antes.

–¿Directo al infierno? –preguntó con dulzura. Colin volvió a reír–. Uno de tus villanos antepasados sedujo a una heredera Wentworth –le recordó.

–Seducción... ¿es lo que ella adujo? –se mofó–. Lo más probable es que se enamorara del atractivo muchacho antes de que su familia la enviara Dios sabe dónde.

–Desde luego, esa sería la versión Granville.

–Lamento decir que el pobre no tuvo la oportunidad de casarse con ella en última instancia. Yo he logrado lo que nunca antes ha conseguido nadie de mi linaje.

–Será una victoria pírrica.

–Seré yo quien juzgue eso –dijo Colin con una sonrisa.

De pronto él se irguió y se dirigió a una consola cercana. Abrió un cajón y extrajo una talega de terciopelo. Luego fue hacia ella.

Belinda descubrió que contenía el aliento mientras él aflojaba los cordeles y le volcaba el contenido en la palma de la mano.

Abrió mucho los ojos. Colin sostenía dos alianzas de oro sencillas, una grande y con un surco fino en los bordes y la otra más pequeña y grabada con un patrón femenino.

Habían elegido juntos esos anillos justo antes de casarse en Las Vegas.

Los ojos de él se clavaron en los suyos y Belinda sintió calor y promesa en esa mirada.

Luego lo vio sonreír.

–Para sellar nuestro acuerdo.

Lo observó ponerse la alianza más grande en el dedo. Luego se guardó la talega vacía en un bolsillo.

Con deliberada lentitud, le alzó la mano con dedos seguros y firmes y le deslizó la alianza en el dedo.

Belinda trató de luchar contra un temblor.

Se dijo que sabía lo que hacía. Que era fuerte y capaz.

No obstante, contuvo la respiración cuando él se llevó su mano a los labios. No apartó los ojos de ella mientras le besaba el dorso de la mano.

Se sintió aliviada... y, sí, un poco decepcionada antes de que Colin la sorprendiera girándole la mano.

Con parsimonia besó la yema de un dedo y luego de otro, hasta que Belinda sintió que el corazón se le aceleraba.

En cuanto terminó, cerró los ojos y presionó los labios sobre la palma de su mano.

Belinda tuvo que respirar de forma entrecortada.

Sintió sus labios cálidos y suaves como una marca erótica que le envió pulsaciones hasta los dedos de los pies.

Se preguntó por qué Colin siempre sabía cómo atravesar sus defensas. Cada vez que pensaba que ya sabía qué esperar, la sorprendía.

Sin embargo, detrás de su fachada de serenidad

pudo percibir que también se sentía afectado. Proyectaba una quietud e intensidad controladas.

Si ella aceptaba, la tomaría allí mismo.

El pensamiento inundó su mente y sintió que se derretía. Recordó lo apasionada que había sido la noche que habían pasado en Las Vegas. Las imágenes estaban grabadas con intensidad en su mente, a pesar de que a lo largo de los años se había afanado en no proyectar esa película en particular.

Colin abrió los ojos y levantó la cabeza y Belinda se pasó la lengua por los labios.

Él observo el acto como una abeja atraída hacia el polen.

Belinda comprendió que él jamás hacía las cosas a medias. Se irguió y liberó la mano de la suya.

Colin podía ser un experto en seducción, pero también era el hombre que había tramado la ruina de su familia con el fin de conseguir unos objetivos diabólicos... y ella era un simple peón. Podía dejar que su tío la manipulara por el bien de su familia, pero no permitiría que también su marido la controlara... desde luego, no en ese momento, antes de que el acuerdo quedara cerrado de manera oficial.

–Podemos elegir unos anillos que sean más de tu agrado –indicó con una sonrisa–. Garrard han sido los joyeros de la familia durante más de un siglo. Desde luego, también puedes elegir el que te apetezca de las joyas de la familia.

–Estos están bien –respondió. Quería el recordatorio de cómo su relación se había iniciado con un viaje precipitado a una capilla de Las Vegas.

–También necesitarás una anillo de compromiso adecuado.

–Me sorprende que aún no hayas elegido uno –le agradó que la tensión sexual se hubiera mitigado, aunque aún se sentía bajo asedio.

Justo en ese momento él inclinó la cabeza para besarla, pero ella dio un paso atrás.

–Necesitaré un tiempo para adaptarme…

En ese momento llamaron a la puerta del salón y a continuación se oyó una tos leve cuando la abrieron.

Belinda agradeció la interrupción.

–La Marquesa Viuda de Easterbridge ha llegado, señor –anunció un mayordomo con tono sombrío.

Capítulo Seis

Colin contuvo un juramento.

Su prometedor descanso con Belinda se había visto interrumpido.

Su madre visitaba Halstead Hall cuando le placía, pero se negaba a emplear la tecnología del siglo XXI, como los correos electrónicos o los mensajes de texto, para anunciar que llegaba.

El rostro de Belinda le mostró que se sentía tan sorprendida como él por esa llegada inesperada.

–Colin, ¿qué significa esto? –inquirió su madre al entrar–. ¿Viuda? Ten la amabilidad de instruir a tu personal de servicio de que no me he visto relegada... –calló al darse cuenta de quién más había en la estancia al tiempo que abría mucho los ojos.

Colin dio un paso al frente.

–¿Puedo presentarte a mi esposa Belinda? –tuvo la precaución de soslayar los títulos y los apellidos.

Después de todo, una era la marquesa de Easterbridge y la otra la marquesa viuda de Easterbridge.

La diferencia de una palabra ocultaba el vasto abismo que separaba a las dos mujeres.

La cara de su madre fue cambiando de color a medida que abría y cerraba la boca.

Él enarcó las cejas.

–Belinda reside aquí –lo que en otras circunstancias habría sido una explicación cómica, en ésa no lo era, ya que los tres sabían que no había nada corriente en la situación.

–Es una Wentworth –expuso su madre sin rodeos.

–Bien, en ese aspecto tienes razón –convino–. Belinda eligió mantener su nombre de soltera.

–¿Cómo está usted? –intervino Belinda.

A pesar de que Colin notó que ella mantenía una pose magnífica, se preguntó si la pregunta no sería irónica.

–Colin tiene razón en que he mantenido mi apellido de soltera –continuó Belinda–. Creo que sería muy sencillo evitar confusiones si usted sigue siendo Lady Granville y yo recibo el tratamiento de Lady Wentworth.

La madre le dedicó una mirada altiva.

–Sí, pero sería la marquesa de Easterbridge, ¿no es cierto?

Colin detestaba la destreza de algunas mujeres en lanzar dagas punzantes. Y su madre descollaba en ese «arte».

–Estoy seguro, madre –dijo con un tono de voz claro–, que harás que Belinda se sienta cómoda aquí. Necesita descubrir nuestra casa –puso un énfasis sutil pero nítido en la palabra nuestra. En ese momento también era el hogar de Belinda, y su madre tendría que reconciliarse con la nueva realidad.

Belinda lo miró.

–Mi trabajo está en Nueva York. ¿Cómo voy a lograr estar empleada en Lansing's y residir aquí?

–Sí, Easterbridge –convino su madre–. Explícanoslo, querido.

Si tuviera idea de cómo había logrado desviar la atención de las dos mujeres para que estuvieran unidas contra él, se daría una palmada en la espalda.

–Podrías solicitar un traslado a la oficina que Lansing's tiene en Londres –le dijo a Belinda–. Podríamos pasar la semana en la ciudad y retirarnos a Halstead Hall los fines de semana.

Se sintió satisfecho de haber salvado ese escollo de forma brillante… hasta que vio la cara de ella.

Belinda se volvió hacia su madre.

–Conseguir un traslado puede ser tarea ardua y quizá me vea obligada a mantener mi base laboral en Nueva York de forma indefinida –lo miró fijamente–. Colin y yo aún no hemos hablado en profundidad de cómo viviremos.

–¿Seguirá teniendo una carrera? –preguntó la madre.

–Sí –Belinda no perdió la sonrisa–, al menos hasta que tenga derecho a recuperar la propiedad de mi familia según los términos del acuerdo postnupcial.

Su madre se mostró horrorizada.

–¿Te asombra el hecho de que no firmáramos un acuerdo prenupcial, madre, o el hecho de que estemos negociando uno postnupcial?

–Debí imaginar que una Wentworth estaría en esto por el dinero –alzó el mentón.

–Se lo devolvería encantada si no fuera por las propiedades que voy a recuperar –indicó Belinda con tono gozoso.

–Mi hijo no es un pescado.

–Claro que no –convino ella antes de que él pudiera intervenir–. Yo no pesco… y de paso tampoco le doy besos a las ranas.

–Gracias por aclarar el tema –comentó él con ironía.

Su madre miró a uno y a otro antes de posar la vista en su hijo.

–Te veré en la cena, Colin.

Giró en redondo y se dirigió a la puerta.

Una vez que ésta se cerró, Colin le comentó a Belinda:

–Bueno, las cosas han ido bastante bien.

–Estoy ansiosa por que llegue la hora de la cena –ironizó ella.

La cena fue incómoda.

Colin observó a su hermana menor, Sophie, concentrarse en comer mientras de vez en cuando miraba alrededor de la mesa.

Sophie era ocho años más joven que él, lo que en edad la aproximaba más a Belinda que a él.

Tal como le gustaba a su madre, la cena fue algo formal en el comedor, aunque sólo estaban presentes ellos cuatro.

Y a pesar de ello, hasta la distribución de los asientos había resultado delicada. Uno de sus ayudantes había ido a verlo para hablar del tema antes de la hora de la cena.

Le había indicado que él ocuparía su sitio habitual a la cabecera de la mesa y que Belinda se sentaría a su derecha. Debido a ello, su madre había pasado a su izquierda y Sophie más alejada.

Colin suspiró para sus adentros.

Hasta el momento, la conversación había sido casual, casi inconexa.

Su madre intentaba soslayar a Belinda y Sophie participaba con renuencia.

Carraspeó.

–Sophie –comentó–, habría pensado que Belinda y tú os conocíais –después de todo, entre ellas apenas había una diferencia de unos años y habían crecido en los mismos círculos sociales.

Su hermana alzó la cabeza con brusquedad y lo miró alarmada. Luego miró a su madre antes de volver a centrarse en él.

–Creo que Belinda y yo hemos coincidido en algunas de las mismas funciones sociales, pero apenas hemos hablado.

–Mi hermana es diseñadora gráfica, Belinda. Siempre aparece con impresiones nuevas inspiradas en artistas famosos.

Belinda y Sophie intercambiaron unas miradas cautelosas.

–En realidad, mis diseños están influidos por el manga –explicó Sophie–. He visitado Japón varias veces.

–Yo he ido a Japón en representación de Lansing's –respondió Belinda.

Sophie asintió… y la conversación se paró.

Colin apretó la mandíbula.

Al parecer, y aunque dispusiera de equipo de excavación, esa noche le sería imposible desenterrar a la Belinda ingeniosa. Lo mismo se podía decir de Sophie.

Su madre, desde luego, era una causa perdida.

De pronto vio los meses que se extendían ante él como un camino desértico y polvoriento. Si su familia y Belinda apenas eran capaces de hablar, entonces tendría que mantenerlas separadas.

No le costaría lograrlo con las casas que poseía y la amplitud de Halstead Hall, pero le irritaba tener que recurrir a eso.

Belinda había dejado la bolsa de viaje en una suite de invitados cuando llegó ese mismo día, pero en su mente, una vez que habían acordado que permanecerían como marido y mujer, era sólo cuestión de tiempo hasta que la tentara a pensar que regresar a la cama con él era una buena idea.

La estudió. El cabello oscuro caía alrededor de sus hombros y apenas le acariciaba la parte superior de los pechos. Tenía los labios plenos y brillaban rosados; el perfil era recto. Las líneas suaves de sus mejillas y pómulos se veían resaltadas por la luz y las sombras del comedor.

La deseaba.

Tenían una química explosiva en la cama y anhelaba que volvieran a disfrutarla.

Por otro lado, ese no era un adjetivo que pudiera emplearse para la cena. Decidió que era el momento de lanzar una bomba.

Carraspeó y tres pares de ojos se clavaron en él.

–Belinda y yo hemos sido invitados a la boda del duque de Hawkshire con Pia Lumley –anunció–. Será nuestra primera salida como pareja.

Belinda abrió mucho los ojos.

Colin pudo ver que no se le había pasado por la cabeza que la boda era la semana siguiente, y una vez aceptado el acuerdo entre ambos, que asistirían como matrimonio.

A su madre, por otro lado, se la veía consternada.

Colin se llevó a los labios el último bocado de la cena, satisfecho de haber tomado el control de las cosas.

–Por Dios, lo has hecho –el tío Hugh sonrió y se palmeó la rodilla en el sillón de piel que ocupaba.

Belinda tuvo que coincidir con su tío. Por otro lado, era obvio que ambos tenían ideas diferentes sobre las connotaciones de las palabras de él.

–Espero que estés satisfecho –las palabras eran un eco extraño de las que le había soltado a Colin.

Se hallaba de vuelta en la casa de Mayfair después de pasar una noche en Halstead Hall.

A pesar de que la casa no era suya, el tío Hugh se veía bastante más robusto que días atrás, cuando le había declarado que todo estaba perdido.

Le había resultado fácil evitar a Colin con la interferencia de su madre y su hermana en la casa.

Y a la mañana siguiente a la cena incómoda, se había excusado para marcharse a Londres y luego a

Nueva York, con el fin de arreglar sus asuntos y ocuparse de algunos negocios, en particular una vez que sabía que en el futuro predecible pasaría más tiempo en Inglaterra.

Aunque a Colin no le había gustado su partida, parecía satisfecho con tomarse tiempo, pero ella sabía que la intención que tenía era seducirla. En realidad, se hallaban enfrascados en el juego del ratón y el gato.

Su madre dejó la taza de té con el plato en una mesita cercana y la sacó de su ensimismamiento.

–Cuando te pregunté cómo pensabas acallar el escándalo, no tenía ni idea de que lo harías permaneciendo casada con Easterbridge.

–¿Qué imaginabas que haría, madre? –preguntó Belinda.

Había esperado que su madre se mostrara jubilosa. El tío Hugh desde luego lo estaba. Pero su tío se encontraba mucho más próximo a las facturas y los extractos financieros de la familia. Era el guardián de la puerta, mientras que su madre jamás había entendido la idea de la responsabilidad económica.

–¿Cómo será tu vida? –preguntó ésta con un suspiro.

Belinda se había preguntado lo mismo innumerables veces desde que aceptara mantener el matrimonio.

Le estaba resultando arduo imaginarlo. Tal vez, como la mayoría de las parejas, tendrían que improvisar a medida que avanzaran.

Se mordió el labio y se negó a pensar qué pasaría si se quedaba embarazada y la reacción que tendrían las familias enemistadas.

No, Colin y ella tenían un acuerdo y al final cada uno seguiría su propio camino. Implícito en ese acuerdo estaba el hecho de que no planeaban tener hijos.

Tenía treinta y tres años. Aunque Colin le entregara las propiedades en dos años, por ese entonces tendría treinta y cinco y aún le quedaría tiempo.

Su madre intercambió una mirada con el tío Hugh y luego le habló.

–Tal vez podrías ver a Tod... para hacer las paces.

Belinda se quedó boquiabierta.

–¿Hacer las paces?

–Sí, cariño, con el fin de mantener abiertas tus opciones. Después de todo, algún día volverás a ser una mujer soltera.

Atónita, pensó que era evidente que su madre no había abandonado la idea de los Dillingham.

–Sabes que yo no estaré aquí siempre –aportó el tío Hugh–, y Tod sería un buen gestor del patrimonio de los Wentworth.

–En este momento, se puede afirmar que no existe ningún patrimonio Wentworth –replicó ella–. Todo está en poder de los Granville.

Técnicamente no era cierto. Todavía les quedaban una mansión en Berkshire al igual que un par de edificios para alquilar, pero no llevaban mucho tiempo en manos de la familia.

–Este acuerdo con Colin no ha de ser más que un bache en el camino –prosiguió el tío Hugh–. Una vez que haya expirado, seguro que desearás regresar con tu legítimo novio y reanudarlo donde lo dejasteis.

En ese momento vio cuánta animosidad albergaba el tío Hugh hacia Colin, el hombre que le había arrebatado el patrimonio de la familia, y eso hacía que a la mínima oportunidad quisiera empujarla en dirección a Tod.

Pero lo de su madre era peor, ya que le pedía que mantuviera la amistad con Tod antes de que su matrimonio hubiera finalizado.

–Tod ya no figura en la ecuación –afirmó sin rodeos. Luego dejó la taza de té con más ruido del necesario.

–Vamos, vamos, Belinda –quiso aplacar su madre–, no hace falta que te pongas irascible. Las intenciones de tu tío son buenas.

–Sólo pensamos en lo que es mejor para ti.

–¿En serio? –inquirió al levantarse–. Entonces, ¿por qué recae en mí tener que salvar la fortuna de la familia?

Capítulo Siete

A Belinda se le nublaron los ojos cuando Pia llegó a la parte delantera de la iglesia.

Estaba hermosa con su vestido de boda y el ramo de rosas rojas que sostenía. Una tiara delicada le adornaba el peinado. Era un regalo del novio, Hawk, para que llevara en la ceremonia.

Arregló la cola del vestido de su amiga y luego le quitó el ramo de las manos, negándose en todo momento a establecer contacto visual con Easterbridge, que se hallaba a unos metros en su papel de padrino del novio.

El servicio se celebraba en la parroquia próxima a Silderly Park, la mansión que el duque de Hawkshire tenía en Oxford.

Belinda era la única ayudante de Pia, ya que Tamara, de siete meses de embarazo, se había excusado y elegido permanecer cómodamente sentada entre los invitados.

Mientras se celebraba la boda, pensó en la suya propia y en que nunca había imaginado que Colin aceptaría solicitar una licencia matrimonial antes de que ella se acostara con él. Y una vez que la tuvo, en vez de rechazarlo, había seguido adelante porque por ese entonces se había visto irresistiblemente atraída hacia la órbita de Easterbridge y porque Las Vegas era un paraíso sin inhibiciones para el juego.

Había sido irremediablemente seductor verse deseada de esa manera. Y en ese momento en que Easterbridge volvía a reclamarla, moviendo cielo y tierra para conseguirlo… se sentía casi… venerada.

Sintió un hormigueo que le llegó hasta los dedos de los pies. Llevaba un vestido sencillo de chifón de color melocotón, pero bajo la mirada de Colin sentía como si luciera una creación sexy y reveladora, y disfrutaba del efecto.

De hecho, daba la impresión de que Colin quisiera alzarla en brazos y llevarla directamente a su cama.

Pensó que al menos había conseguido deseo, ya que no amor.

Contuvo un suspiro e imaginó que sería maravilloso si un hombre jurara amarla y fuera sincero.

Al sentir súbitamente que los ojos amenazaban con humedecérsele, se irguió. No iba a darle a Easterbridge la satisfacción de verla emocionada, aunque no era inusual llorar en una boda.

Por fortuna, logró mantenerse impasible el resto de la ceremonia.

Luego, en el desayuno celebrado en Silderly Park, encontró a Pia y volvió a abrazarla.

Tamara se acercó a ellas justo cuando se separaban.

–Yo también os abrazaría –dijo–, si entre nosotras no se interpusiera una pelota de baloncesto.

–Me siento tan feliz por ti, Pia –dijo Belinda, parpadeando con rapidez antes de mirar a Tamara–. Y también por ti, se te ve radiante para estar embarazada.

–Sólo porque ya han cesado mis náuseas matutinas –miró a Tamara con una sonrisa–. Supongo que ahora deberíamos darte el tratamiento de duquesa.

–No, señora bastará –bromeó Pia.

Como duquesa, Pia las superaba en rango a las dos, ya que Belinda era marquesa y Tamara condesa.

Se sentía verdaderamente feliz de que sus amigas hubieran encontrado la felicidad con los amigos de Colin, porque aunque para el exterior ella pudiera ser la marquesa, sabía muy bien que su matrimonio no estaba destinado a durar.

Como si le leyera la mente, Pia se inclinó hacia ella con gesto de conspiración.

–¿Qué sucede entre Easterbridge y tú?

Viendo el interés de sus amigas, cedió a regañadientes.

–He de revelaros que ya no busco un modo de disolver mi matrimonio con Colin.

Pia juntó las manos.

–Oh, Belinda, es una noticia maravillosa. Habéis decidido intentar sacarlo adelante.

Tamara se mostró dubitativa.

–No creo que Belinda piense lo mismo, Pia. De hecho, creo que hay más recovecos que los que revela.

–¿Es verdad? –inquirió Pia asombrada.

Belinda suspiró y les contó la realidad de la situación y que, para bien o para mal, iba a ser la esposa de Colin durante los dos años siguientes.

Sabía que su rango marital era fuente de especulación e interés tanto en Lansing's como en el resto de su círculo social en Nueva York y Londres. Todo el mundo era consciente de la debacle del año anterior en la iglesia de St. Bart…

En ese momento el teléfono móvil de Tamara emitió un sonido y su amiga lo sacó del bolso. Después de leer lo que había recibido, se lo pasó a ella.

Belinda leyó el texto con aprensión.

*Esta columnista sabe de buena tinta que determinados marqueses tienen su nido en Berkshire, cerca de H****. ¿Será posible que un pequeño polluelo rompa el huevo la próxima primavera?*

Belinda hizo una mueca para sus adentros y le devolvió el teléfono a Tamara.

–¿No hay nada que puedas hacer para frenar a la señora Hollings? ¿No trabaja para los medios de comunicación de Sawyer?

Tamara se encogió de hombros mientras guardaba el aparato.

–La señora Hollings es una renegada. Sawyer cree en la separación de las ramas de noticias y negocios de sus empresas. No interferirá para frenar una historia individual. ¿Qué vas a hacer?

–¿Qué puedo hacer? –preguntó–. Nada. Ni anulación ni divorcio.

–Entonces, ¿es así? ¿Planeas seguir casada… hasta que la muerte os separe?

–No del todo –admitió–. He convencido a Easterbridge de establecer una especie de acuerdo postnupcial. Cuanto más tiempo permanezcamos unidos, con más propiedad de los Wentworth podré irme tras el divorcio.

De hecho, durante el viaje de ella a Nueva York, Colin había hecho que su abogado redactara un breve acuerdo. Después de que el abogado de Belinda lo estudiara, lo habían firmado el día anterior.

Tamara ladeó la cabeza.

–Entonces, ¿piensas seguir casada hasta que recuperes las escrituras de toda la propiedad Wentworth?

–Exacto.

Belinda vio que Pia y Tamara intercambiaban una mirada.

–Ve con cuidado –aconsejó Tamara–. Créeme, esta situación de un matrimonio de mutua conveniencia puede terminar por ser más engañoso de lo que piensas.

Belinda sabía que Tamara estaba recordando su propia situación con Sawyer, cuando éste también había establecido que el matrimonio fuera una condición para que ambos obtuvieran lo que querían.

–He aprendido la lección, ¿recordáis? Ya me fugué una vez con Easterbridge. No es la clase de error que pretenda cometer otra vez.

Pia puso expresión incrédula.

–Bueno, ahora ya estás casada, de modo que lo único que puede pasar es…

–… cualquier cosa –reconoció Belinda.

En la recepción, Colin no le quitó la vista de encima. Se hallaba a un lado de la sala de baile con una copa de vino en la mano. Sabía que su cara reflejaba un deseo manifiesto.

Después de la ceremonia, seguida de un tradicional desayuno nupcial, todos habían ido a arreglarse y refrescarse a tiempo para una elegante cena y baile de etiqueta en el salón de Silderly Park.

Nada más verla esa noche, lo había deslumbrado con un ceñido vestido de satén de color carmesí. Lucía un collar y unos pendientes a juego de rubíes y diamantes. En el cabello recogido reposada una tiara con un delicado motivo floral.

Él le había entregado las joyas al llegar al hotel para la boda. Quería que esa noche quedara claro que Belinda era su marquesa.

Belinda había llegado a Londres esa mañana, había dejado las maletas en la suite del hotel con el tiempo justo para prepararse para la boda. La había echado de menos durante esa última semana. De hecho, sus recientes escaramuzas no habían logrado más que aumentar el deseo que le inspiraba.

Dejó la copa en una bandeja y, con andar deliberado, fue hacia su esposa.

En el último momento, Belinda giró la cabeza y lo vio. Abrió mucho los ojos.

–Hola, cariño –se inclinó para darle un beso en la mejilla antes de que pudiera apartarse.

–Colin, permite que te presente…

–Ya nos conocemos –interrumpió con suavidad–. Encantado de verla de nuevo, condesa.

–Lo mismo digo, *milord*.

Tomó a Belinda por el codo.

–Espero que no le importe que me lleve a mi hermosa esposa a bailar…

La condesa volvió a sonreír e inclinó la cabeza.

–Desde luego que no.

Con una cierta resistencia inicial, ella dejó que la guiara hacia las otras parejas. Al llegar a la pista, la hizo girar hacia él.

Toda la noche había sentido ganas de tocarla, aunque fuera a través de la barrera satinada del vestido.

La música comenzó y comenzaron a deslizarse en círculos alrededor de la pista al son del vals.

Los ojos de ella eran más ámbar que verdes y reflejaban las emociones que sentía de un modo que, probablemente, a Belinda no le gustaría conocer.

En ese momento le indicaban que su proximidad la afectaba, aunque se esforzaba en no mostrarlo.

Podía sentir el calor de su cuerpo bajo la mano apoyada en la parte baja de su espalda. Tenía los labios levemente entreabiertos y el brillo rojizo era como un imán.

Esos labios le impidieron quedar arrobado por el rubí prácticamente atrapado en su escote.

–Si sigues mirándome de esa manera, puede que entremos en combustión espontánea –le soltó con aspereza.

–Eres tú la que va de rojo.

–Sí, fue muy astuto que me prestaras unas joyas que son magníficas aparte de parecer una alarma de neón encima de mi escote.

Él contuvo una carcajada.

–Alguien necesita ponerte una señal de advertencia.

–Se parece más a un sello de propiedad... –él inclinó la cabeza, sin negarlo– aparte de una excusa inteligente para que me mires los pechos.

Bajó la vista sólo para irritarla.

–Es un rubí deslumbrante –murmuró–, con el toque perfecto de ese círculo de diamantes sobre el fondo cremoso de tus pechos. Tuve todo eso en cuenta al elegir las joyas. Sin embargo, los pendientes los escogí esta semana en Garrard.

Ella le lanzó una mirada de fuego líquido que, no obstante, revelaba que no sabía cómo reaccionar. Si enfadarse por el juego sexual, darle las gracias por el regalo o ceder a la atracción innegable que había entre ellos.

En ese momento la música llegó a su fin. A regañadientes él la soltó y retrocedió un paso.

–Da un paseo conmigo por el parque.

–¿Qué? Hace frío –repuso sorprendida.

–Hawk tiene un invernadero. Ahí es donde su jardinero jefe obra maravillas.

–No creo que...

–Se supone que debemos convencer a la gente de que hemos decidido darle una oportunidad real a nuestro matrimonio.

Era una excusa débil, pero sabía que había sido el blanco de muchas miradas. Suspiró resignada.

–De acuerdo.

Cruzaron el salón y los ventanales a la terraza templada por las lámparas calientes. Desde allí, fue una caminata breve hasta el invernadero.

Descubrieron que el santuario con calefacción de Hawk había atraído a otros admiradores que deseaban disfrutar de las plantas exóticas y los capullos en flor.

La puerta del invernadero se abrió y cerró varias veces hasta que Colin miró alrededor y descubrió que Belinda y él se hallaban solos, salvo por otra pareja en el otro extremo del edificio de cristal.

La fragancia de las rosas y otras flores flotaba alrededor de ellos en el aire cálido y húmedo. Colin jamás habría pensado que un invernadero sería un entorno sexualmente estimulante, pero así era.

Le acarició con suavidad el brazo a Belinda con la yema de los dedos y vio que se le ponía la piel de gallina.

Ella no lo miró, pero irradió una quietud nueva.

Probando el terreno, se acercó más y la tomó de los brazos por detrás. Se inclinó y aspiró el aire delicado junto a su sien.

–¿Qué haces? –preguntó con voz apenas audible.

–¿Qué crees que estoy haciendo? –respondió; en

su tono se manifestaba diversión y seducción–. Intento adivinar tu perfume.

–Hay otras personas aquí.

–No creo que les moleste lo que hago con mi esposa.

La puerta del invernadero se abrió y se cerró otra vez y en ese momento se quedaron completamente a solas.

Le acarició los brazos. Belinda tenía una piel muy suave. Se le precipitó la sangre a la cabeza y a otras partes de su anatomía.

Dejó que los labios recorrieran la columna que era su cuello.

–No creo que puedas percibir mi fragancia en un lugar tan aromático como éste.

–Lirio atigrado –anunció antes de aspirar hondo–. Es jabón, gel corporal o algún tipo de loción.

Ella lo miró atónita.

–Sin embargo, no soy tan omnisciente con el sabor.

–Es evidente.

–Para eso, sólo tengo un modo de averiguarlo.

Antes de que ella pudiera reaccionar, la hizo girar hacia él.

Posó sus labios en los de ella y la probó como si dispusiera de todo del tiempo del mundo. La exploró con la lengua, al tiempo que la invitaba a participar plenamente con él.

Pasado un momento, ella se relajó en sus brazos, aunque sin darle la reacción desinhibida que él esperaba.

Se afanó en bajar sus defensas. Le acarició la espalda y la moldeó contra él.

En Las Vegas había descubierto que besaba de forma fantástica, y en ese momento dispuso de más atisbos de ese potencial.

Le acarició la espalda y le soltó los músculos con movimientos diestros.

Ella emitió un sonido ronco de placer.

Desde luego, había sugerido el invernadero con el objetivo de tener un momento de intimidad, pero sabía, incluso bajo la influencia de la excitación que lo embargaba, que no podía tumbarla en el suelo y hacerle el amor.

Aunque sí podía echar el cerrojo de la puerta del invernadero...

Le soltó la presilla del vestido en la espalda y luego bajó la cremallera, aflojándole el corpiño.

Belinda suspiró y las copas cayeron de sus pechos.

Colin se dio un festín con esa visión.

Ella tenía los labios entreabiertos y los ojos entornados. Las cumbres de sus pechos estaban tensas y lo llamaban.

Se inclinó y se introdujo en la boca un capullo rosado.

A Belinda le cedieron las rodillas y estuvo a punto de llevarlos a ambos al suelo.

Colin se concentró en la tarea que lo ocupaba... dar y recibir placer.

Aspiró profundamente y ella gimió.

De pronto, la puerta del invernadero se abrió y

cerró. Un momento después, el aire a su alrededor cambió y se enfrió. A lo lejos oyeron voces.

Belinda se apartó de él con brusquedad y se subió el corpiño a los pechos.

Colin supo que tendría que haber cerrado con llave la puerta cuando tuvo la oportunidad.

Ella se llevó una mano atrás para subirse la cremallera.

–¡No podemos hacer esto!

–A regañadientes, he de darte la razón. Ya no estamos solos.

–Todavía no hemos firmado nuestro acuerdo postnupcial –espetó.

–¿Es eso lo que estás esperando?

–Es lo que estamos esperando –lo corrigió.

Era evidente que su intención era mantenerlo a raya en el sexo hasta que se firmara el acuerdo.

Respiró hondo y se tomó un momento para abandonar su estado de profunda excitación. Maldijo para sus adentros.

Belinda miró a un lado y a otro.

–He de largarme de aquí.

Colin sonrió con sarcasmo. También él necesitaba largarse. Debían irse antes de que continuara donde lo habían dejado de forma tan insatisfactoria… con o sin acuerdo firmado.

Le alzó el mentón y le frotó la comisura de los labios con la yema del dedo pulgar.

–Tienes el lápiz de labios corrido… –explicó ante la expresión asombrada de ella.

Belinda encorvó los hombros.

–... y tarde o temprano vas a acabar en mi cama –concluyó.

Con brusquedad, se apartó de él.

–Sí, pero por ahora, necesito refrescarme y volver a estar presentable.

Fue hacia la puerta del invernadero y él la siguió con paso más relajado.

Sabía que Belinda lo deseaba... sin importar que fuera o no un Granville.

Su misión era lograr que ella lo reconociera.

Capítulo Ocho

Belinda estudió su lujoso dormitorio en Halstead Hall. Había conocido el lujo en el pasado, pero eso se hallaba en otro nivel.

Las cortinas eran de damasco, la cama enorme y con dosel, la repisa de la chimenea de mármol y una cómoda victoriana adornaba la pared más alejada. La vista del ventanal era, por supuesto, la mejor de la casa, mostrando toda la zona ajardinada y boscosa de la parte posterior.

Ese dormitorio y el salón adyacente abarcaban los aposentos tradicionales de la marquesa de Easterbridge. Las habitaciones del marqués se encontraban en la puerta de al lado. Sabía que la intención de Colin era persuadirla cuanto antes de ir allí.

El hecho de que el acuerdo postnupcial aún no se hubiera firmado le había dado un respiro. Pero había recibido noticias de su abogado y sabía que Colin, desde la boda de Pia una semana atrás, trabajaba con diligencia para que dicho acuerdo se finalizara.

Por suerte, se había mantenido lo bastante ocupada como para evitar pensar en ello y apartarse del camino de Colin.

Sus superiores en Lansing's ya habían arreglado

el tema de su traslado permanente a las oficinas de Londres. Al parecer quedaron fácilmente impresionados por la riqueza y el título de Colin y por los contactos sociales y de negocios que ambos implicaban.

Sabía que él pasaba bastante tiempo en Nueva York ocupándose de sus intereses empresariales. Que también él tenía que acomodarla en su vida.

Miró el reloj y decidió bajar para un almuerzo tardío. Colin seguía en Londres por importantes cuestiones de trabajo.

Giró por el pasillo y, al ver que la madre de Colin iba en su dirección, se preparó para el encuentro que iba a producirse.

La marquesa viuda se había ido de la casa al fallecer su marido, cediéndole Halstead Hall a su hijo como residencia principal mientras ella permanecía principalmente en una casa en Londres próxima a la zona de Knightsbridge.

Pero ese día había ido de visita y por su expresión, el encuentro le causaba tanta sorpresa y desconcierto como a ella.

La marquesa viuda inclinó la cabeza en gesto de saludo al mismo tiempo que lo hacía Belinda.

–¿Estableciéndose y adaptándose? –no esbozó una verdadera sonrisa.

–Sí, gracias.

–Querrá hablar con el chef sobre el menú para la cena que se celebrará la semana próxima –dijo la otra mujer, deteniéndose–. Y el ama de llaves, la señora Brown, necesita indicaciones acerca de cómo quiere que le organice su espacio de trabajo. Creo que unas cuantas invitaciones sociales aguardan su respuesta.

Belinda pegó una sonrisa en el rostro.

–Espero con ganas reunirme con la señora Brown mañana.

–Excelente.

–Hablaré con el chef.

–No está acostumbrada a cómo llevamos las cosas en Halstead Hall.

–Sí, no puedo negarlo –costaba cuestionar la realidad.

–Una comprensión importante.

–Una de muchas, espero.

La marquesa viuda continuó su camino y las dos se cruzaron como dos barcos con los cañones preparados pero conteniendo casi todo el fuego... al menos por el momento.

Como si el destino quisiera provocarla, al bajar las escaleras se encontró con Sophie.

La otra pareció incómoda.

–Buenas tardes.

–Buenas tardes.

–Acabo de llegar. He venido a pasar el fin de semana a Halstead para recoger algunas de mis cosas y tengo planeado marcharme mañana.

La hermana de Colin comprendió que sus palabras podían tomarse como que se marchaba en cuanto Belinda se había ido a vivir a la casa.

«¿Qué puedo decir que no pueda malinterpretarse?», pensó.

Percibía que Sophie no le era tan hostil como su madre, sino que toda la situación le resultaba incómoda y extraña.

No podía culparla. Rara vez se habían relacionado. Belinda manifestó el primer pensamiento pasablemente sensato que se le ocurrió.

–Aún tengo que descubrir una sala de arte en la casa.

–No la hay –explicó Sophie.

–¿Nunca tuviste una? –preguntó Belinda con curiosidad–. Con tu profesión…

–Ejecutaba la mayor parte de mi trabajo en el exterior y luego me llevé casi todas mis cosas al trasladarme al piso de Londres. Mi madre no aprobaba el diseño grá… –Sophie calló.

Le alegró descubrir que no era la única persona en recibir la desaprobación de la madre de Colin.

–Entonces, puede que yo cree una sala. Estoy segura de que los Granville más jóvenes la apreciarán.

Al parecer a pesar de sí misma, Sophie mostró un destello de interés.

Para su asombro, ese gesto positivo animó a Belinda. Después de todo, ambas desarrollaban unas profesiones artísticas y quizá los siguientes dos años no resultaran tan malos como había temido.

Desde la puerta, Colin observó a Belinda intercambiar sonrisas con la hija de nueve años de su prima.

Daphne se hallaba ante un caballete y Belinda la

animaba y le señalaba algunas maneras de profundizar el cuadro.

El cuarto de juegos vacío de la puerta de al lado de lo que tradicionalmente había sido un cuarto de niños, en la segunda planta de la casa, se había convertido en un estudio de pintura y una sala de trabajos manuales.

Por allí se movían media docena de niños. Todos llevaban guardapolvos manchados sobre su ropa habitual. Una niña era la hija de diez años de su encargado de establos y otra era la nieta del ama de llaves. También estaba la hermana menor de Daphne, Emily, de siete años.

Belinda había sugerido montar un cuarto de arte nada más enterarse de que había niños entre la familia y el personal. Las clases habían sido un gran éxito. Al menos los Granville por debajo de doce años habían quedado cautivados por Belinda de forma natural. Y Sophie había pasado algo de tiempo allí trabajando con los niños junto a Belinda.

Con las manos en los bolsillos, aprovechó la oportunidad para estudiarla.

También ella llevaba unos vaqueros y un jersey de color lavanda. Aquellos mostraban un trasero respingón, aunque el guardapolvos ocultaba el resto de lo que él sabía que era una figura deliciosa. Tenía el cabello recogido, aunque unos mechones se escapaban para enmarcarle el rostro.

Sintió que se le encogían las entrañas.

Era evidente que Belinda se hallaba en su elemento... manchada de pintura y risueña. Además de relajada, y todo ello, naturalmente, porque él no estaba presente.

Sin embargo, al instante alzó la vista y lo vio. Se paralizó y Colin le dedicó una sonrisa burlona.

En el acto ella bajó la vista para contestar otra de las preguntas de Daphne.

Cuando la pequeña se alejó, él entró.

Belinda lo estudió con cautela.

–¿Quién iba a imaginar que lo que faltaba era una sala de arte?

–Eres tú quien tiene un Renoir en el dormitorio principal.

–Quizá porque esperaba tentarte.

Belinda se ruborizó.

–Gracias, pero estoy plenamente satisfecha con las reproducciones en los libros.

–Cuando quieras cambiar de idea... –musitó.

–No lo haré.

–El acuerdo aguarda tu revisión y firma.

Era el acuerdo postnupcial que ella había levantado como barrera final entre ellos.

–Sí, lo sé –dio media vuelta–. Me pondré con ello a la primera oportunidad.

–No esperes demasiado.

Observó cómo su perfil enrojecía antes de ir a ayudar a otro niño.

Se había quedado en Nueva York y en Londres por cuestión de negocios durante una semana, se había dado duchas frías y había presionado a su abogado para que actuara con celeridad. Que hiciera que Belinda sintiera parte de su urgencia.

Sabía que tenía que mantener el ardor. Seduciría a su esposa para que volviera a su cama.

Y entonces conseguiría su plan de que Belinda reconociera que deseaba a un Granville.

De hecho, su cordura empezaba a depender de ello.

Capítulo Nueve

Cuando le había sugerido que asistiera a una representación en el Covent Garden, Belinda había sido incapaz de resistirlo. Sabía que representaban *Aída.* Cuando Colin compró las entradas con unas localidades excelentes, caras y siempre difíciles de conseguir, se sintió encantada y entusiasmada.

Se puso un vestido de color azul con un hombro al descubierto y sandalias bordadas. Se había recogido el cabello. Sabía que Colin llevaría traje y corbata.

De hecho, el corazón le palpitó excitado al bajar las escalinatas de Halstead Hall al tiempo que era consciente de él: alto y distinguido, mirándola desde el rellano.

Belinda ya había firmado el acuerdo postnupcial, de modo que ya no quedaba nada que impidiera que Colin accediera a su lecho. Y sabía que, a pesar de estar en el siglo XXI, tenía un compromiso moral para respetar las cláusulas de dicho acuerdo.

Intentó centrarse en el hecho de que acababa de firmar un contrato. No pensaría en lo desesperada que podía llegar a estar de que él la desvistiera ni en el placer que encontraría en sus brazos.

Como habían cenado en casa, fueron directamente a la London's Opera House en el Covent Garden.

Una vez en la ópera, Colin la presentó a unos conocidos que lo saludaron antes de subir hasta sus asientos en un palco delantero; a ella le costó relajarse.

Cuando ocuparon sus asientos, Belinda contuvo el asiento. Estaban tan cerca del escenario que no necesitarían la ayuda de binoculares.

Ojeó el programa hasta que unos minutos más tarde, las luces se apagaron.

Empezaba a concentrarse en el inicio de la ópera cuando Colin le tomó la mano con gentileza. Esa unión sorprendentemente gentil y leve tuvo un efecto eléctrico en ella.

Se sintió sacudida por una tormenta de emoción que parecía un espejo del drama que se representaba en el escenario. Esa noche había dos espectáculos... uno en el que los protagonistas principales eran los cantantes y el otro privado que Colin ofrecía sólo para su beneficio.

Le acarició la mano con la yema del dedo pulgar, un movimiento rítmico que podía tomarse por una cadencia tranquilizadora pero que le causó una aceleración del tempo en el interior.

Lo miró de reojo y la expresión de él no revelaba nada... salvo el contacto continuado sobre su mano. Desde luego, habría deseado lo contrario, pero empezaba a costarle resistirse a él.

Suspiró mientras volvía a concentrarse en el escenario.

Sintió que el corazón se le encogía a medida que la ópera llegaba a su trágico clímax. Casi no fue capaz de contemplar la escena final, en la que Radamés y Aída están destinados a morir juntos.

Se tragó el nudo en la garganta y parpadeó con rapidez. Tardíamente fue consciente de que Colin le apretaba la mano.

El público estalló en un aplauso atronador cuando la escena última llegó a su final. Ella se mordió el labio y distraída aceptó el pañuelo que Colin le ofrecía. Se sentía tonta… sabía cómo terminaba la ópera de Verdi. No obstante, había llorado.

–¿Te ha gustado? –le preguntó Colin con su voz profunda.

–Me ha encantado –casi graznó ella.

Él rió entre dientes y ella emitió un sonido débil.

–Vayamos a casa.

Las palabras de Colin le provocaron un torrente de emociones. Era la primera vez que empleaba la palabra casa con ella al referirse a Halstead Hall, pero desde luego sabía que no tenía más importancia para él, pero, ¿había ella empezado a considerar la mansión de campo como su casa?

Regresaron en un silencio ameno, interrumpido por una conversación inconstante, pero que ayudó a que la atmósfera entre ambos fuera más íntima.

Al llegar a la mansión, reinaba la quietud y la oscuridad. Colin le había dicho al mayordomo que no los esperara y parte del personal tenía el día libre.

Belinda titubeó en el recibidor, insegura sobre qué hacer.

–¿Una copa? –preguntó él, ofreciéndole sin saberlo una solución a su problema.

–De acuerdo –asintió, dispuesta a retrasar la subida por las escaleras hasta sus suites contiguas.

Lo siguió a la biblioteca, donde dejó el bolso y se quitó el abrigo mientras Colin estaba en el bar.

–Salud –brindó, alzando la copa–. Por los comienzos nuevos.

Bebió un sorbo al mismo tiempo que él y abrió mucho los ojos.

–¿Agua?

–Por supuesto.

Le quitó la copa de las manos y depositó las dos sobre una mesita próxima.

No era eso lo que había imaginado cuando le sugirió una copa. Había pensado en algo fuerte… que le insuflara determinación.

Colin le pasó un dedo desde el brazo hasta el hombro.

–Es bueno que ninguno de los dos haya tomado una copa de verdad.

–¿Por qué? –preguntó con asombrada curiosidad–. ¿Para no hacer nada impulsivo que volvamos a lamentar más adelante?

–No –le ofreció una leve sonrisa–, para no tener ninguna excusa cuando lo hagamos.

–Hemos de parar esto –el corazón le dio un triple salto mortal.

–Exacto. Bésame.

–Qué directo. Creía que tendrías recursos más sutiles en tu repertorio.

–Los tengo, pero llevo esperando tres años –le tomó la mano y la depositó sobre su torso–. Tócame, Belinda.

A ella le dio vueltas la cabeza. Bajo la palma de la mano sintió el latido fuerte del corazón de Colin. El contacto con él era embriagador.

–Puede que naciéramos y nos educaran para ser enemigos –comentó él–, pero en esto, somos uno.

–No es más que pasión…

–Suficiente para unos buenos cimientos.

Colin inclinó la cabeza y, al posar los labios sobre los de ella, ejerció una presión suave y persistente, haciendo que inconscientemente ella los entreabriera.

Tenía un ligero sabor a menta y a pura masculinidad que avivó y ahondó su deseo. Apoyó las manos en sus hombros para masajearla y relajarla.

Ella recordó con claridad cómo le había besado cada centímetro de su cuerpo aquella noche en Las Vegas. Los pezones se le pronunciaron y las caderas se tornaron pesadas por el deseo.

Colin le bajó las manos por la espalda.

–No sé dónde está la cremallera –murmuró entre besos.

–Ese es el objetivo –musitó contra su boca.

–No quiero estropearte ese vestido tan bonito. Te encaja como un guante, y con algo de suerte, habrá otras veladas en las que podrás ponértelo para tenerme de rodillas ante ti.

–No estás literalmente de rodillas.

Echó la cabeza atrás para mirarla a los ojos.

–¿Te gustaría que lo estuviera?

–Si estuviera de rodillas –dijo con voz ronca–, creo que mis labios llegarían justo aquí.

Tocó la piel sensible del diafragma.

Ella descubrió que contenía el aliento.

–Por otro lado, si te inclinaras –prosiguió él–, mi boca se cerraría aquí.

El dedo pulgar se deslizó encima del pezón; Belinda jadeó y abrió mucho los ojos.

–¿Te inclinarías para mí? –agregó.

–Yo… es una pregunta teórica –respondió con voz ronca.

–No tiene por qué serlo.

Volvió a posar los labios sobre los de ella y la respuesta de Belinda se apagó.

En esa ocasión, en vez de quedarse quieto, la envolvió con sus brazos y ella le rodeó los hombros.

Colin encontró la cremallera oculta en la costura lateral del vestido. Lo bajó despacio, haciendo que el aire fresco le acariciara la piel.

Le recorrió la mandíbula con los labios hasta llegar a la oreja y continuar hasta la garganta.

Regresaron a ella imágenes, palabras y aromas de su noche en Las Vegas. Habían estado bromeando y jugando… hasta que de repente no fue así y se encontraron en la cama, entrelazados por la pasión.

Había sido el mejor sexo de su vida. Colin había sido delicado, experto y paciente… hasta que el poderoso clímax lo había sacudido antes de lanzarlo al precipicio poseído por los temblores.

Y en ese momento lo hacía otra vez.

El vestido resbaló por su cuerpo.

Colin retrocedió un paso y se apoyó en una esquina de su escritorio.

–Ven aquí. Por favor.

Con la consideración que mostró le resultó imposible resistirse. Avanzó dos pasos y encajó en el espacio creado por sus piernas.

Se inclinó y le besó el inició de los pechos.

Belinda cerró los ojos.

Colin lamió primero la punta de un pecho y luego la otra, avivando una emoción febril en el interior de Belinda.

Gimió y cerró los dedos en el pelo de él.

Colin posó la boca en un seno y Belinda se arqueó hacia esos labios.

Se sentía deliciosamente viva y el cuerpo le vibraba con placer. Se frotó contra la erección de Colin, prueba de su creciente pasión.

Éste gimió y centró su atención en el otro pecho.

Como en una bruma, Belinda pensó que era demasiado y, sin embargo, insuficiente. La consumía y la liberaba.

La ropa fue cayendo de ellos hasta que la única barrera entre ambos fueron los pantalones de Colin.

Con el vestido y las braguitas arrugados a sus pies, él la alzó sin quebrar el beso.

Las sandalias de tacón alto golpearon el suelo de la biblioteca.

Colin cruzó la estancia con ella hasta detenerse junto al sofá. Belinda se deslizó por su cuerpo, sintiendo cada plano y músculo duro mientras el vello pectoral le hacía cosquillas en los pechos, hasta que al fin quedó de pie en el suelo.

En la chimenea ardía un fuego bajo que proyectaba sombras sobre la alfombra oriental.

Lo miró.

–Pensé que estaríamos a salvo en una habitación sin cama.

Él le besó la sien.

–Hay modos de soslayarla. Además, ya hemos probado una cama.

Bajó las manos hasta sus caderas y luego las subió por su espalda.

Juntos descendieron hasta el sofá y se inclinó sobre ella.

Quemándola con sus ojos ardientes, le separó los pliegues y adentró los dedos por ese camino. De forma instintiva, ella se contrajo alrededor de él.

Sintió la caricia de su dedo pulgar en el lugar más íntimo y resguardado. Entornó los párpados y se mordió el labio inferior.

–Te deseo –se irguió y se deshizo de los pantalones; luego se enfundó una protección que sacó del bolsillo.

Era magnífico… y estaba preparado, era todo masculinidad y la deseaba. Ya.

Belinda sintió que por su cuerpo corría un fuego líquido.

Colin bajó y se acomodó entre sus piernas.

Sin decir otra palabra, se deslizó a su interior y ambos suspiraron.

Había pasado tanto tiempo... tres años... que Belinda sintió que temblaba. También Colin experimentó una leve convulsión. Ella pudo percibirla.

Inició un ritmo al que Belinda no tardó en acoplarse mientras le clavaba los dedos en la espalda.

Los dos gimieron.

–Eso está bien –instó él.

–Sí –fue lo único que pudo decir ella.

El sofá crujió con los movimientos cada vez más urgentes.

Se deseaban tanto que fue un milagro que la unión no se consumara en unos minutos.

La impresionó el control de Colin con el fin de ofrecer y recibir placer.

Las olas rompieron sobre Belinda con creciente fuerza hasta que sintió que ondulaba al borde del clímax.

Gritó y Colin la sostuvo y la aplacó.

Minutos más tarde, él volvió a incrementar el ritmo hasta que de pronto se quedó quieto y emitió un gemido gutural.

Con un grito ronco, Belinda lo siguió por el borde del precipicio.

Luego, permanecieron tendidos juntos, exhaustos y sin respiración.

Capítulo Diez

–Felicidades, Melton –dijo Colin.

Sawyer y él, en compañía de Hawk, se hallaban en la biblioteca del primero en el piso de lujo que tenía en Mayfair, Londres. Tamara, esposa de Sawyer, había llegado del hospital el día anterior, después de dar a luz al vizconde de Averil. Pia, Belinda y ella habían ido a la habitación del bebé con el pequeño.

–Gracias –reconoció Sawyer–. En vez de puros, sugiero una ronda de whiskys.

–La ocasión lo merece –convino Hawk.

Sawyer se volvió del bar y sonrió.

–Me siento aliviado de que estuviéramos a poca distancia de un hospital cuando Tamara se puso de parto. Y con la llegada del bebé, emprenderemos una dirección nueva.

–Hablando de direcciones nuevas –Hawk se dirigió a Colin–, da la impresión de que Belinda y tú os encontráis en términos más amigables estos días. Me sorprende no haber disfrutado de más comentarios punzantes entre vosotros dos hasta ahora.

–Sí, reconozco que soy un poco desconsiderado por no proporcionaros más entretenimiento –indicó Colin con sequedad.

–Sentimos empatía por ti, Easterbridge –intervino Sawyer, repartiendo las copas–, porque hasta hace poco estuvimos en tu misma situación.

Colin sabía que ninguno de sus dos amigos había tenido un camino de rosas hasta el altar. Sin embargo, ambos se encontraban felizmente casados en ese momento.

–No obstante, es interesante ver cómo has caído –añadió Hawk al tiempo que aceptaba una copa.

Colin enarcó una ceja.

–¿Qué te hace pensar eso?

Antes de poder obtener una respuesta, sintió que el teléfono vibraba en su bolsillo. Lo sacó y estudió un instante la pantalla.

–Felicitadme, caballeros –anunció, aceptando la copa que le entregó Sawyer–. Ante vosotros tenéis al nuevo dueño de la propiedad de los Wentworth en Elmer Street.

–¿Has comprado otra propiedad de los Wentworth en Londres? –preguntó Hawk sorprendido.

–Sólo una pequeña.

–A ver, deja que lo adivine –dijo Sawyer–. En esta adquisición tampoco revelaste tu identidad.

–Sólo ante aquellos que están al corriente del presidente real que hay en Halbridge Properties –respondió con suavidad.

Hawk movió la cabeza resignado.

–Te has metido en aguas profundas.

Sawyer lo corroboró con un movimiento afirmativo de la cabeza.

–Ve con cuidado, Easterbridge. A pesar de lo

mucho que admiro tu habilidad en los negocios, aquí te mueves en territorio virgen.

–Estoy habituado a las apuestas altas –alzó la copa para brindar por la nueva adquisición.

Belinda miró al vizconde recién nacido que dormía en la cunita y sintió que se le estrujaba el corazón. Tamara y Sawyer habían llamado al bebé Elliott.

Miró alrededor; la habitación del pequeño mostraba tonalidades suaves de gris y blanco. Luego volvió a mirar al bebé. Pia, una orgullosa pero cansada Tamara y ella revoloteaban alrededor de la cuna.

Belinda tragó saliva. Se dijo que la emoción que la embargaba surgía del hecho de que no sería madre al menos hasta que se separaran. Desde luego, no quería quedarse embarazada, ya que no formaba parte de su acuerdo con Colin.

Después de unas pocas carantoñas más con el bebé, decidieron ir a sentarse en la sala de juegos.

Tamara ocupó una mecedora mientras Pia quitaba una jirafa de peluche de un baúl y se sentaba sobre él.

Belinda se puso cómoda en una sillita infantil.

Pia ladeó la cabeza.

–Colin y tú os mostrasteis bastante acaramelados. ¿Lo imaginé o te dio un beso cálido al rato de haber llegado?

Belinda se ruborizó.

Pia era una verdadera romántica, pero no quería darle a su amiga falsas esperanzas. A pesar de estar casados, no mantenían una relación permanente.

Tamara se irguió.

–Algo me dice que Belinda mira a Colin con más cariño estos días.

Pia juntó las manos.

–Oh, estupendo. Siempre pensé que Colin y tú deberíais…

–No es lo que pensáis –cortó.

–¿Es peor? –Tamara enarcó una ceja.

Era susceptible a Colin, más que lo que le gustaba reconocer, pero, ¿cómo lo había adivinado su amiga?

Titubeó unos instantes y luego confesó:

–Me acuesto con él.

Pia se quedó boquiabierta.

Tamara rió.

–Todas hemos pasado por ahí y ahora tengo un bebé para demostrarlo.

Pero ella no lo tendría… al menos no con Colin. Se movió incómoda en la silla.

–Sólo debes ir con cuidado –agregó Tamara–. Me temo que Colin está hecho de la misma cepa que los dos amigos con los que se sienta abajo… nuestros respectivos maridos. En otras palabras, debería venir con una etiqueta de advertencia.

Su parte más sensata estaba totalmente de acuerdo con eso.

–El camino del amor verdadero jamás es llano –afirmó Pia.

***

Dos días después de visitar a Sawyer y a Tamara, Belinda se preparaba para asistir con Colin a una cena con baile en una mansión próxima a Halstead Hall en honor de una nueva exposición de arte chino del siglo XVIII.

Se preguntó si Colin había aceptado para complacerla.

Miró el contenido de su armario. Aunque Colin le había expuesto que disponía de sus propios fondos como marquesa de Easterbridge, había decidido llevar un vestido que ya era suyo.

Eligió uno largo hasta el suelo de tul beis y con lentejuelas que inteligentemente resaltaba sus curvas.

Aquella noche, la reacción que mostró Colin no la decepcionó. Al entrar en el salón donde la esperaba, su cara mostró una expresión de absoluto aprecio.

Belinda sintió que el pulso se le desbocaba... y no sólo por la cara de Colin. Si había pensado que alguna vez se acostumbraría a verlo con esmoquin, empezaba a creer que se había equivocado poderosamente en dicha evaluación.

Poseía una elegancia y una masculinidad innatas.

El chófer apareció en el umbral.

–Esperaré fuera junto al coche, *milord.*

–Muy bien, Thomas –repuso, dejando de mirarla unos instantes.

Belinda se recompuso. Se había puesto la tiara con motivos florales que le había regalado Colin.

–Estás… –las palabras se evaporaron, como si se hubiera quedado sin saber qué decir–. Etérea.

Sintió las palabras como una caricia.

–Gracias.

–Tengo algo para ti.

Recogió un estuche de terciopelo de una mesita cercana y luego se acercó a ella.

Abrió el estuche para que inspeccionara el contenido y ella se quedó sin aliento. El estuche contenía un collar de diamantes deslumbrante. El estilo indicaba que era antiguo, probablemente de tiempos victorianos.

–Llegó a la familia por mi tatarabuela –explicó con tono risueño–. No era una Granville de nacimiento.

–Es precioso –tragó saliva–. Necesitaré un momento para ponérmelo.

–Yo te ayudaré.

Dejó el estuche en la mesita después de haber retirado el collar. Brilló con fuego blanco a la luz.

Se quedó quieta mientras él se inclinaba.

Unos instantes más tarde los dedos cálidos de Colin la tocaron mientras se dedicaba a cerrar el broche en su cuello. Belinda sintió que los pezones se le endurecían y que en su interior se acumulaba el calor. Al terminar, él hizo una pausa, con los labios a escasos centímetros de los de ella.

–Espero ansioso esta velada –musitó él con voz ronca.

Él se irguió con una media sonrisa en los labios.

–Creo que dejaré que seas tú quien se encargue de los pendientes a juego.

Poco después, se marchaban a la fiesta.

Fue un trayecto corto, y como no era el primer acontecimiento social que compartían, una vez que llegaron no tardó en sentirse relajada y en disfrutar de la fiesta.

Se hallaban presentes dos de las primas casadas de Colin… ambas con hijos que Belinda había tenido en la sala de arte. Después de una conversación superficial algo incómoda, sus cónyuges y ellas parecieron bajar las defensas.

Más tarde, después de mantener una conversación con un vizconde y su esposa, giró y vio una figura familiar que hizo que se paralizara.

Tod.

Se quedó consternada.

No había tenido ni idea de que asistiría esa noche. Miró a Colin y comprendió que también él había notado la presencia de Tod.

Tod se acercó.

–Lady Wentworth… ¿o es más apropiado dirigirme a ti como Lady Granville?

Al instante Colin se había acercado a ellos.

–En cualquier caso, es la marquesa de Easterbridge.

Desde luego, las diferencias físicas sólo eran una parte de la historia. Tod había cedido a la presión familiar al dirigirse al altar con ella. En cambio, Colin se había fugado a Las Vegas, impulsado por la pasión y sin importarle un bledo lo que pensara su familia.

Tod se volvió hacia ella.

–¿Te apetece bailar?

–Su siguiente baile está comprometido –respondió Colin, adelantándose a ella.

Belinda sintió que su irritación se incrementaba un poco. Sin embargo, antes de que pudieran hablar, los otros dos se miraron directamente.

–El siguiente baile, entonces –Tod enarcó las cejas.

–También está comprometido.

–Belinda puede hablar por sí misma.

–No es necesario cuando yo ya te he respondido.

Ella miró la expresión de Colin, prácticamente amenazadora, y la mandíbula apretada de Tod. Parecían a punto de empezar a lanzarse golpes. Y lo que era peor, empezaban a atraer miradas curiosas de otros invitados cercanos.

–Y en cuanto al matrimonio –continuó Colin sin ambages, soslayando la pregunta–, nos fugamos a Las Vegas porque no podíamos estar separados ni un instante.

Belinda se quedó boquiabierta.

Las palabras de Colin eran un insulto apenas velado. La implicación, desde luego, era que Tod y ella sí habían sido capaces de mantenerse separados.

No ayudó que esas palabras reflejaran la verdad.

Vio que a Tod se le movía un músculo de la mandíbula y que Colin cerraba la mano al costado.

Con rapidez, se interpuso entre los dos.

–Esto es indignante –anunció–. Parad en este mismo instante, los dos –y como ya estaba harta, giró en redondo y se marchó.

Logró esquivarlos a ambos el resto de la fiesta charlando con un invitado tras otro. Como era habitual en esas galas formales, a Colin y a ella, al ser marido y mujer, no se los sentaba juntos en la cena. Y agradeció al cielo que ninguno coincidiera junto a Tod.

Al llegar la hora de marcharse, en el coche, de regreso a casa, reinó el silencio.

Y al entrar en Halstead Hall subió las escaleras a toda velocidad mientras Colin se detenía para hablar con el mayordomo.

Un vez en sus aposentos, por primera vez en horas sintió que sus nervios se relajaban. Se sentó ante el tocador y se quitó las joyas.

En cualquier momento esperaba oír las pisadas de Colin de camino a su propia suite, pero no oyó nada.

Apretó los labios. Cuanto más tiempo permanecía él abajo, más crecía su indignación.

¿Cómo se atrevía?

Después de dar vueltas durante varios minutos sobre lo que debía hacer, se levantó, abandonó su habitación y fue a la planta baja.

Aparte de por unos movimientos en la biblioteca, en el casa reinaba la quietud.

Entró allí y Colin alzó la vista.

Tenía una licorera en una mano y una copa en la otra. La pajarita estaba suelta. Pero seguía exhibiendo un atractivo devastador.

–¿Una copa? –ofreció. Ella negó con un movimiento de la cabeza–. Como desees –volvió a la tarea de servirse una para él.

Su brusquedad resultaba sorprendente. No era típico de Colin no exhibir unos modales excelentes y fluidos, incluso cuando derrotaba a un oponente.

–Te has comportado como un absoluto bruto con Tod.

–¿Sí? –replicó antes de beber un trago–. ¿También tuviste miedo de que lo destripara? ¿Y qué me dices del modo en que me hieres tú? –Belinda parpadeó incrédula–. Yo no soy más que tu criado, a la espera de tu siguiente palabra y mirada.

–Eso es lo más ridículo que he oído.

–¿Lo es? –él enarcó una ceja.

Dejó su copa y fue hacia ella.

–Nuestro acuerdo no te da derecho a ser grosero con Tod.

–¿No? ¿Ni siquiera ante el hecho de que estuviste a punto de casarte con él mientras aún estabas casada conmigo?

–No sabía que aún siguiéramos casados.

–Pero ahora sí.

Intentó formular una respuesta que expusiera lo ilógico de sus planteamientos. El hecho de que en ese momento supiera lo que entonces desconocía, no la convertía en culpable.

Colin dio la impresión de anticipar su argumento al detenerse frente a ella.

–Sucedió sin que tú lo supieras, pero ahora todos debemos ser conscientes de que sucedió y también de que tú sigues casada conmigo.

Colin estaba celoso. Algo que lo volvía sorprendentemente vulnerable.

Él le tocó el brazo y la recorrió una oleada de sensaciones. Supo que también Colin había notado la reacción.

–Siempre ha estado ahí entre nosotros, ¿no? –murmuró. Emitió una risita burlona dirigida contra sí mismo–. Desde luego, inconveniente en ocasiones.

Costaba discutir la verdad.

–Como en este instante.

–Necesito besarte –movió la cabeza. Y le reclamó los labios antes de que ella pudiera reaccionar.

Se besaron con frenesí. Colin le quitó el vestido mientras ella se desprendía de los zapatos.

–Quise estrangular a Dillingham cuando deseó bailar con mi esposa casi desnuda.

–Lo sé –lo acababa de descubrir. Aunque aún le quedaban vestigios de indignación, era más comprensiva.

Se afanaron en quitar la pajarita de Colin y luego él se deshizo de la chaqueta y la camisa.

Pasó los dedos por los planos suaves de su torso y luego hasta el vello que había sobre su ingle.

Se desabrochó el cinturón y desterró pantalones y zapatos.

Los dos ya se hallaban prácticamente desnudos.

Él exhibía una erección plena que le tensaba los calzoncillos.

Ella lo acarició a través de la tela, dejando que su mano vagara y explorara con libertad.

–Sí, tócame –dijo con voz ronca.

Le bajó los calzoncillos, luego se arrodilló y lo acarició con los labios.

–Belinda, cariño…

Saboreó el efecto que surtía en él hasta que Colin la incorporó y le quitó las braguitas. Se echaron sobre el sofá.

Sintió el delicioso pesó de él presionándola contra los cojines. Lo rodeó con las piernas.

Él la besó a lo largo de la mandíbula y bajó por el cuello. Con la mano le acarició el muslo y luego le coronó el pecho.

La respiración de ambos se hizo más profunda y se mezcló mientras el mundo de Belinda encogía hasta abarcarlos únicamente a ellos dos y la necesidad que experimentaban por el otro.

Colin se detuvo un momento sólo para ponerse protección y luego volvió a pegarla contra él.

La reclamó en un resplandor cegador de pasión. El último pensamiento de Belinda fue que si no era capaz de resistirse a él en ese momento, jamás podría hacerlo.

Capítulo Once

Se hallaban en el campo de polo próximo a Halstead Hall en un partido benéfico con el fin de recaudar dinero para el hospital infantil local. Belinda se abanicaba con el programa.

Había transcurrido una semana desde que su camino se había cruzado de forma inesperada con el de Tod, situándolos a Colin y a ella en una confrontación emocional y sexualmente cargada.

El equilibrio de poder entre ellos había quedado alterado. La reacción de Colin aquella noche de una semana atrás había sido tan sombría, casi dolida, que le había atravesado el corazón.

Desde entonces, aparte de reconocer que estaban casados, que tenían una acuerdo postnupcial y que él poseía casi todas las propiedades de los Wentworth, también era consciente del poder que ella ostentaba y del hecho de que la relación en realidad se reducía sólo a ellos dos.

En los últimos siete días habían sido incapaces de mantenerse alejados el uno del otro. Belinda ya había perdido la cuenta de cuándo y dónde habían tenido relaciones íntimas. Aparte del dormitorio, y de haber vuelto a pasar por la biblioteca, lo habían hecho en el salón y, se ruborizó con ese recuerdo, en los establos después de regresar de dar paseos a caballo...

Colin llenaba su mente además de poseer su cuerpo. Empezaba a perder de vista la razón por la que seguía casada con él.

Le sonó el teléfono móvil y lo sacó del bolso. Se dio cuenta de que había pasado por alto una llamada del tío Hugh. Escuchó el buzón de voz y el mensaje de que la convocaba en Downlands.

Frunció el ceño, ya que no le había dejado el motivo para la reunión. Tendría que ir a verlo y averiguar de qué se trataba.

Al llegar, encontró al tío Hugh yendo de un lado a otro de la biblioteca.

Había pasado momentos muy felices en esa casa. Era más pequeña e imponente que Halstead Hall, pero exhibía habitaciones luminosas y aireadas y unos jardines preciosos. Costaba creer que se había vendido.

–¿Qué sucede? –preguntó.

–Tu marido compró y vendió la propiedad de Elmer Street.

–¿Qué? –intentó entender lo que estaba diciendo su tío, pero sin éxito–. ¿Compró y vendió? ¿Cuándo y cómo?

Ni siquiera había estado al corriente de que dicha propiedad se hallara en el mercado. Era una estructura residencial de tres pisos situada en Covent Garden destinada al alquiler.

El tío Hugh se frotó las manos.

–Se la vendí a una compañía llamada Halbridge Properties. Acabo de descubrir que es otra fachada de tu marido, que de inmediato ha intentado vender la dirección de Elmer Street a otra persona.

Belinda sintió que se le hundía el corazón.

–¿Has vendido otra propiedad de los Wentworth?

Se sentía traicionada… por todas partes. ¿Acaso no se había puesto en la línea de fuego para recuperar las propiedades que su tío, sin saberlo, le había vendido a Colin? ¿Cómo podía hacerle eso?

–¿Cómo has podido vender otra propiedad?

–Belinda, por favor. No te haces idea de lo precaria que es nuestra economía.

–Al parecer no.

Su tío se ruborizó.

En defensa de éste, debía reconocer que Colin estaba reconocido como el terrateniente más hábil de Londres.

También era el hombre que le había hecho el amor de forma tierna y apasionada.

Sin embargo, en todo momento su intención había sido comprar y vender otra parcela Wentworth.

Se sentía traicionada… y mancillada.

–¿Cómo es tu relación con Easterbridge? –preguntó de pronto su tío–. ¿No tenías idea de esta adquisición?

Fue su turno de sentirse incómoda. Pensó en Colin haciéndole el amor. Había creído que estaban intimando, que…

«Olvídalo». Era obvio que en todo momento Colin la había mantenido en la ignorancia acerca de lo que tramaba respecto de los Wentworth.

Su tío ladeó la cabeza con expresión que oscilaba entre la desesperación y la astucia.

–Siempre hay espacio para la negociación entre marido y mujer. Obraste tu magia sobre Easterbridge con anterioridad, quizá…

Calló, pero era evidente que albergaba esperanzas de que también pudiera recuperar la propiedad de Elmer Street mediante la seducción.

Eso le confirmó sin lugar a ninguna duda que su familia consideraba su matrimonio con Colin sólo como un medio para alcanzar un fin. Ella no era más que un instrumento.

Tal como se sentía en ese momento, Berkshire podía convertirse en el Sahara antes de que ella volviera a acostarse con Colin.

Colin se dirigió hacia la puerta de su despacho en Halstead Hall.

Al ver a Belinda, lo recorrió una oleada de placer. Seguía vestida tal como había ido al partido de Polo… botas negras de caña alta y un vestido ceñido por un cinturón fino. Estaba impaciente por desvestirla.

Acababa de ducharse y de ponerse ropa limpia, pero le encantaría quitársela otra vez para ella si así se aseguraba llevarla a la cama.

De hecho, podía prescindir de eso último y cerrar la puerta del despacho con llave…

Acortó la distancia que los separaba.

–¿Cómo has podido? –demandó ella.

Justo cuando iba a besarla, Colin se echó para atrás con una ceja enarcada.

–¿Cómo he podido qué?

–Compraste y de inmediato vendiste la propiedad de Elmer Street sin que nadie se enterara.

Él se paralizó. Lo había sorprendido con la guardia baja. Su intención había sido contárselo y explicarle por qué sus actos tenían sentido, pero ya sólo podía improvisar.

–¿Cómo lo has averiguado? –preguntó impasible.

–El tío Hugh me informó del asunto. Un socio suyo descubrió la verdad. Investigó Halbridge Properties y le reveló quién era el verdadero dueño de la empresa.

–Por supuesto –repuso con sequedad–. ¿Por qué no me sorprende que el tío Hugh se haya mantenido alerta? O que tenga amigos que lo hagan por él.

–¡Al menos a él lo inspiran el interés y el bienestar de la familia Wentworth!

–¿Sí? –replicó Colin–. Fue él quien vendió la propiedad. Y en este caso, estoy de acuerdo con la decisión. La casa de Elmer Street no se encuentra en buen estado. Había que venderla y dedicar los ingresos a rehabilitar las otras propiedades Wentworth.

Belinda se mostró aun más indignada.

–¿De modo que reconoces que tu intención era vender nada más adquirir la propiedad? –el silencio de él fue elocuente–. ¿Contigo todo se reduce a una decisión basada en los números? –quiso saber–. ¿Qué hay de la emoción y el sentimiento? No puedo creer que seas la misma persona que se fugó conmigo a Las Vegas.

Colin apretó la mandíbula.

–¿Qué te lleva a pensar que casarme contigo no fue mi mayor apuesta?

–¿Qué ganabas con ello? –espetó–. ¿Otro riesgo calculado y un beneficio potencial?

–He dicho que fue una apuesta, no que careciera de emoción –respondió–. ¿La propiedad de Elmer Street tiene algún valor sentimental para ti? Jamás has vivido allí.

–Lleva dos generaciones en la familia Wentworth –alzó el mentón.

–Y esa línea de pensamiento demuestra con precisión la razón de que los Wentworth se encuentren en semejante aprieto financiero.

–Yo soy una Wentworth. Teníamos un acuerdo. Prometiste no vender propiedades de mi familia.

–Prometí entregarte las propiedades Wentworth que eran mías. La de Elmer Street la adquirí con posterioridad.

–No me extraña que el tío Hugh no sospechara que tú eras el comprador –dijo, echando fuego por los ojos–. Creyó que te ligaba el acuerdo postnupcial.

–Me liga y no lo he roto.

–Has violado el espíritu, si no la letra, de nuestro acuerdo. Aceptamos seguir casados en parte para mantener junta la propiedad de los Wentworth.

–Y así será. Los beneficios de la venta de la dirección de Elmer Street se gastarán en rehabilitar las demás propiedades Wentworth.

–¿Qué garantía tengo de que será así? Después de todo, vendiste la casa de Elmer Street sin informarme de ello.

Colin sintió que su irritación se disparaba. Lo único que intentaba hacer era ayudar a sus locos parientes a salir de las arenas movedizas financieras en las que se encontraban.

–No te prometí una actualización diaria sobre la dirección de las propiedades.

–Entonces, ya no queda nada que decir, ¿verdad? –replicó ella antes de dar media vuelta e ir hacia la puerta.

Belinda vio fruncir el ceño al tío Hugh.

–En la prensa se rumorea que has abandonado a Colin –dijo–. Y me temo que te reflejan bajo una luz poco halagüeña.

Su madre, sentada con rigidez a la derecha del tío Hugh, asintió.

A Belinda le importaban un bledo los rumores. Se sentía más desdichada de lo que podía recordar haber estado jamás.

Se encontraban en el salón de la casa del tío Hugh en Mayfair… o, más bien, en la casa que su marido tenía allí. Todo era tan confuso.

Después de marcharse de Halstead Hall el día anterior, había pasado la noche en el piso vacío que tenían Sawyer y Tamara en Londres. Ésta no había titubeado en prestárselo.

Las emociones descarnadas le habían impedido explicarle a sus amiga las razones que había para dicha llamada.

De hecho, agradeció que no hubiera nadie presente que pudiera ver su noche insomne y llorosa.

Al amanecer, había sido incapaz de escapar de la verdad.

Amaba la inteligencia, el humor y, sí, la habilidad sexual de Colin. Poseían intereses comunes pero, lo más importante, complementaban la personalidad del otro. Hacía que se sintiera más viva.

Se había enamorado de él.

Razón por la que su traición era como una daga clavada en el corazón.

Pero resultaba obvio que para él sólo había sido una conquista. De lo contrario, no se habría desprendido con tanta facilidad de la propiedad de Elmer Street.

El tío Hugh tamborileó los dedos sobre los reposabrazos del sillón.

Ese mismo día había llegado a Londres procedente de Downlands. Al enterarse de que también Belinda se hallaba en la ciudad, le había sugerido que tomara el té con su madre y con él.

Se le veía furioso.

–Estoy seguro de que han sido los Granville los que han filtrado esas historias a la prensa. Bueno, puede que hayan obtenido la ventaja inicial con los medios, pero nosotros ganaremos la guerra –se frotó las manos–. Contrataremos a los mejores abogados para impugnar la venta de Colin. Afirmaremos que ha violado vuestro acuerdo postnupcial. Solicitaremos que se te conceda toda la propiedad Wentworth original en un divorcio. Cuando las propiedades vuelan a mi administración, me encargaré de que los Granville jamás vuelvan a tocarlas.

–No.

La negativa la sorprendió a ella tanto como a su tío y a su madre.

–¿No? –preguntó Hugh ceñudo–. ¿Qué quieres decir con no?

Belinda respiró hondo.

–Que jamás entregaré el control de las propiedades Wentworth.

El tío Hugh se relajó.

–No, claro que no, querida muchacha. ¿No es lo que intentamos arreglar con algo de suerte y la ayuda de unos buenos abogados?

Belinda sabía que si su tío recuperaba el control, se pondría a vender o a hipotecar otra vez las propiedades. No era competente para administrar las casas de su familia.

Comprendió que, en cierto sentido, Colin le había hecho a los Wentworth un favor inmenso. Si su tío no hubiera encontrado un comprador dispuesto en Colin, los Wentworth habrían perdido gran parte de su patrimonio para siempre.

Existía una gran diferencia entre que se esperaba que se casara y en sacrificarse para salvar la ruina financiera de la familia… una y otra vez.

Su tío seguía con expresión desconcertada.

–Por supuesto, tendrás un administrador en mí, o en Tod cuando te cases con él.

–No, tío Hugh –respondió con firmeza–. Tod está fuera... para siempre. Y más aún, cuando me divorcie de Colin, si lo hago, y vuelva a tener el control de las propiedades de los Wentworth, haremos las cosas a mi manera.

Su madre la miró con curiosidad.

–Belinda, eso es absurdo.

–No, no lo es –respondió y se puso de pie para marcharse–. Creo que es la mejor idea que he tenido en mucho tiempo. De hecho, estoy ansiosa por convertirme en una magnate inmobiliaria.

Su marido le había enseñado mucho, y una de las cosas que había aprendido era que tenía más poder que el que creía poseer.

Acababa de afirmar dicho poder con su familia. Ya sólo le quedaba decidir qué hacer con respecto a Colin.

Comprendió que había sido injusta con él. Debería haberle contado cómo planeaba obrar con la propiedad de Elmer Street, pero con una percepción nueva, entendía por qué había actuado de esa manera acerca de la venta del edificio.

La única cuestión era saber cómo reparar la situación con él y si la querría de vuelta después de haber dado la impresión de que se había decantado por el lado del tío Hugh.

Capítulo Doce

–Madre, ¿qué has hecho?

–No temas, querido. Hoy en día todo pasa por los medios.

–Lo creas o no –dijo con paciencia–, soy unos de esos clásicos que aún cree en una realidad aparte de la percepción pública.

–Tonterías. Qué idea anticuada.

Desde luego, la ironía era que él había llevado a los Granville a un nuevo milenio, incrementando la riqueza de la familia gracias a un sutil entramado de empresas inmobiliarias.

Se hallaban en el comedor informal con ventanales que ofrecían vistas estupendas de los jardines de Halstead Hall.

Como de costumbre, su madre se había presentado impecablemente peinada y con cada perla en orden.

Por el contrario, esa mañana él no se había afeitado, y aunque llevaba el atuendo habitual que usaba en casa de pantalones y camisa, se sentía inusualmente desaliñado.

Sin embargo, conocía la razón para su estado de ánimo. Hacía dos días que Belinda se había marchado.

–¿Acaso lo que dije no es la verdad? –expuso su madre–. Belinda te dejó después de que tú adquirieras una onerosa propiedad y, así, aportaras una muy necesitada ayuda financiera a los Wentworth.

–No estoy seguro de que Belinda vea el tema de esa manera.

La marquesa enarcó las cejas.

–Justo lo que quería hacerte entender.

En los dos días desde que se fuera, había tenido tiempo de reflexionar casi hasta la obsesión. Había sido un infierno y le había sido imposible hasta trabajar.

Pero había empezado a pensar que ella tenía cierta razón. Había estado tan centrado en el objetivo final, que, de algún modo, no había sido capaz de ver lo mucho que a Belinda le preocupaban otras cosas. La familia, la historia y los sentimientos eran importantes para ella. Después de todo, adoraba el arte impresionista.

Su madre se irguió en el asiento.

–Debemos movernos con celeridad y obtener ventaja, para que la prensa y la opinión pública estén de nuestro lado. Sólo pienso en tu reputación.

–Mi reputación no necesita que la salven.

Pero en cambio sí necesitaba a Belinda para que lo salvara.

Porque la amaba.

Esa comprensión cayó sobre él como un martillo neumático antes de que lo embargaran el júbilo y la preocupación.

Pero no había otra explicación para el modo en

que se había estado sintiendo desde que Belinda se marchara.

Su madre lo miró pensativa.

–Colin, podrías elegir la novia que quisieras.

–Sí, y cómo iba a olvidar que la historia que plantaste en la prensa también daba los nombres de un par de mujeres.

–Perfectas –los ojos de su madre brillaron–. Como acabo de decir, podrías elegir la que te apeteciera.

–Pero sólo quiero a una –respondió–. No puedo creer que le des la espalda a Belinda con tanta facilidad. El resto de la familia se ha abierto a ella.

–Sigue siendo una Wentworth.

–Ya es hora de enterrar el hacha.

–Por supuesto, las hostilidades se han acabado –convino su madre ceñuda–. Tú has ganado. Los Wentworth están en deuda contigo.

–Madre, acostúmbrate a la idea. Belinda es la Marquesa de Easterbridge, y si me acepta, seguirá siéndolo.

De repente supo con absoluta claridad que sin Belinda su supuesta victoria sobre los Wentworth era algo hueco.

Cuando Belinda abrió la puerta del piso, se quedó boquiabierta.

–¿Cómo me has encontrado?

–Me lo dijo un pajarito –esbozó una sonrisa sarcástica.

–Sawyer –adivinó.

–Después de todo, es su piso.

–Detesto cómo os unís todos los de sangre azul.

–Y ahora mismo –aventuró–, me detestas especialmente a mí.

Dejó que el silencio hablara por sí solo. Cómo no iba a estar furiosa y dolida. Mientras ella se enamoraba, él jugaba.

Pero no pudo evitar empaparse de la visión de Colin. Llevaba el pelo revuelto, cuando por lo general siempre estaba peinado, y la mandíbula con una leve sombra, cuando siempre iba afeitado.

–¿Puedo pasar?

–¿Tengo alguna elección?

–Sawyer ha tenido la amabilidad de prestarme también a mí su piso mientras esté en Londres.

–Qué amable –alzó el mentón–. Aunque cuesta imaginar esa necesidad si se tiene en cuenta la cantidad de propiedades que has adquirido últimamente.

–La casa de Mayfair está alquilada.

–Claro, ¿cómo he podido olvidarlo? Tu acto de nobleza obliga. El tío Hugh te envía saludos.

–Supongo que me lo merezco –no pudo contener la risa.

–Seguro que tu madre o tu hermana te dejarían un sofá.

–Tal vez Sawyer consideró que mi hogar estaba aquí contigo.

–¿Con tantas propiedades a tu disposición? –se obligó a hablar con desdén a pesar de la emoción que la embargaba.

–De hecho, esas propiedades son el motivo de mi presencia aquí.

–Pensé que dejarías todo en manos de tus abogados.

–¿Tenemos que mantener esta discusión en la entrada?

A regañadientes, ella se apartó.

Él entró y se quitó el abrigo. Debajo sólo llevaba una camisa blanca y unos pantalones grises.

A Belinda le agradó haberse puesto un vestido azul, medias y zapatos bajos poco después de salir de la ducha y casi justo antes de la llegada de Colin.

Él dejó el abrigo sobre el respaldo de un sillón y se adentró en el piso, dejándola para que lo siguiera.

Una vez en el salón, ella lo miró, y le fue imposible no recordar las caricias suaves y las palabras susurradas llenas de promesas.

–La propiedad de Elmer Street no se va a vender –anunció él.

Belinda parpadeó.

No era lo que había esperado oír de él.

–Pensé que se trataba de un acuerdo cerrado –dijo al final.

–El contrato se había redactado, pero las partes aún no lo habían firmado.

–Oh –hizo una leve pausa–. ¿Qué te llevó a cambiar de parecer?

–Pensé que lo mejor era venderte la propiedad a ti… –la vio fruncir el ceño–… por una libra esterlina. ¿Tienes una en tu cartera?

El corazón le dio un vuelco.

–¿Es algún intento de modificar nuestro acuerdo postnupcial?

–Sí, para siempre.

Ella abrió mucho los ojos y contuvo el aliento al verlo avanzar.

–¿Cuáles son las condiciones? –preguntó con voz apenas audible.

–Las que tú quieras –la observó–. De hecho, mi plan es traspasarte legalmente hoy todas las propiedades Wentworth por una cantidad nominal... y por aceptarme de vuelta, si es que así lo deseas.

Belinda sintió un nudo de emoción en la garganta.

–Por supuesto, a ti jamás se te puede sorprender sin un plan.

–Un jugador siempre tiene una estrategia, y creo que ésta es de las mejores que se me ha ocurrido.

–¿Oh? Entonces, que no se diga que yo me interpuse en su ejecución.

–Excelente –se apoyó en una rodilla y le tomó la mano–. Belinda, ¿me harías el gran honor de seguir siendo mi esposa?

–Eso está mejor –contuvo unas lágrimas.

–Te amo apasionadamente.

–Eso es lo mejor. Definitivamente es el mejor plan que jamás has tenido –se secó una lágrima perdida–. Yo también te amo, por lo que supongo que no hay otra alternativa que seguir casada contigo.

Costó discernir quién se movió primero, pero al

siguiente instante se hallaban en los brazos del otro besándose con ardor.

Pasó largo rato hasta que se separaron en busca de aire.

–¿Sabes que escandalizaremos a nuestras familias permaneciendo casados? –comentó ella.

–¿A quién le importa? Hemos soportado sus intentos de separarnos.

–Esa condenada enemistad.

Colin sonrió.

–Le pondremos fin. De hecho, sugiero que ahora hagamos el amor y no la guerra.

Belinda rió mientras él la tumbaba sobre la alfombra mullida junto a la chimenea al tiempo que arrastraba una manta del sofá.

No tardaron mucho en olvidar el clima antes de dedicarse a ocupaciones más interesantes…

Más tarde, acurrucada contra Colin en el sofá, veía la lluvia golpear los cristales del piso de Sawyer en Londres.

Él carraspeó.

–Dejé que la venganza me dominara durante tres años. Era cómodo no mirar más allá de esa emoción predominante.

–Porque me marché –dijo sin entonación especial, sólo exponiendo unos hechos.

–No sólo te marchaste –sonrió–. Huiste.

–¿Qué? –bromeó–. Con zapatos de tacones de diez centímetros y un minivestido de lentejuelas rojas.

–En cuanto te vi, quise quitártelas.

–Y lo hiciste –confirmó, entornando los ojos.

–No podrías haber elegido un atuendo más seductor. ¿En qué pensabas?

–Que estaba en Las Vegas y que iba a pasármelo bien.

–Ah –él asintió–. Ya empezabas a hacer las cosas a tu manera sin saberlo.

–Y quizá, sólo quizá, al verte, me aseguré de no moverme hasta captar tu atención en el hotel.

–Al fin una confesión –Colin asintió con satisfacción–. Aquí va la mía... Sabía que tú te alojabas en el Bellagio.

–No hay duda de que tu ego estaba en pleno florecimiento.

Apoyó la mano de ella en su pecho.

–Pero mi corazón se fue marchitando durante los siguientes tres años.

–¿Llegaste a descubrir que nuestra anulación nunca llegó a presentarse en Nevada? –giró la cabeza para mirarlo.

–Esta es la mayor confesión de todas –reconoció Colin–. No le di autorización a mi abogado para que presentara los documentos de la anulación.

Belinda rió con incredulidad.

–¡Siempre sospeché algo así!

–Intenté encontrar cualquier modo de recuperarte. Incluso perseguí el fin de la enemistad Wentworth-Granville con el fin de que volvieras. ¿Por qué crees que me convertí en coleccionista de arte impresionista?

–¿Por mí? –los ojos le brillaron de forma especial. Colin asintió. Se tragó un nudo de emoción–. Oh, Colin, qué dulce y romántico –él le dio un beso fugaz en los labios–. Lamento haber huido de ti en Las Vegas –cuando iba a responderle, le selló los labios con un dedo–. Por la mañana, temía las esclusas que habías abierto en mí y no sabía cómo tratar con la situación. Tú estabas dispuesto a correr riesgos que yo no quería asumir. Eras más que lo que esperaba y que lo que podía manejar en aquel momento.

Cuando Belinda bajó la mano, él le robó otro beso fugaz.

–Me manejaste muy bien –comentó con tono risueño–. Y yo diría que corriste un gran riesgo al fugarte conmigo. Sólo me necesitabas para acostumbrarte a meterte en aguas profundas de vez en cuando.

Ella rió.

–Estoy segura de que me brindarás muchas más oportunidades.

–Me faltaba mi corazón y no lo sabía.

–La mayoría de los Wentworth estaría de acuerdo con que no tienes corazón –concedió.

–Sólo porque tú me lo has robado –la miró profundamente a los ojos–. Y huiste a Nueva York con él.

Belinda sonrió.

–El tío Hugh afirmaría que eres tú el ladrón que se ha hecho con todo el patrimonio Wentworth.

–Pero lo que no entendiste es que siempre has

tenido la propiedad más valiosa en tu posesión y que mi única intención era recuperar mi corazón.

–Te llevaste la joya de la familia, la mansión de Berkshire.

–La única joya que robé eres tú.

–Entonces, supongo que tendré que cambiar mi nombre a Granville.

–Supongo que sí, si así lo quieres. ¿Te gustaría renovar nuestros votos?

Belinda sintió un nudo en la garganta.

–He sido un desastre en las bodas, por si no lo has notado.

Le dio un beso rápido.

–Lo que importa es que eres una ganadora en el matrimonio.

–Es agradable que pienses eso.

–Apuesto por ello –le dedicó una sonrisa íntima.

–Entonces, sí, me casaré contigo de nuevo.

–La parroquia local será perfecta –se quedó pensativo unos momentos–. Empecé tratando de eliminar la enemistad entre nuestras familias conquistando a los Wentworth. Pero enamorarme de ti será el medio de conseguir eso de un modo mucho más satisfactorio.

Epílogo

Era Navidad en la nevada Berkshire y Belinda estaba rodeada por aquellos que la querían y que ella quería.

Observó la escena en el salón de Halstead Hall. Un árbol enorme se alzaba en un rincón de la estancia, con una estrella brillante en la cima y cinta plateada en sus ramas.

Colin hablaba con Hawk cerca del árbol, pero al siguiente instante sus ojos conectaron.

La cara de él le revelaba que la adoraba y que estaba impaciente por quedarse a solas con ella.

Luego le guiñó un ojo y la sonrisa de Belinda se amplió.

Estaba embarazada de seis meses, de gemelos, y el año próximo serían padres, como sus amigos. Y habría cuatro niños en vez de dos, y ella estaría jugando en el suelo con sus hijos tal como en ese momento hacían Tamara y Pia.

Colin y ella esperaban convertir la reunión de Navidad en un acontecimiento anual con las dos parejas a las que consideraban sus mejores amigos.

Y, por fortuna, ambos siguieron arreglando la situación con sus familias. Celebraron una hermosa boda formal en la parroquia local de Berkshire y la recepción en Halstead Hall. Para la ocasión llevó un vestido sin mangas y con guantes blancos que había provocado una respuesta satisfactoriamente asombrada por parte de Colin.

Para ella, esa tercera vez había sido la real, porque a pesar de que habían asistido Wentworth y Granville, no había surgido ningún contratiempo. Desde luego, había ayudado que las dos familias siguieran la tradición y ocuparan lados opuestos del pasillo de la iglesia.

Ese momento, sin embargo, estando próxima a dar a luz a descendientes Wentworth-Granville, hizo que incluso el hecho de que se hubiera cambiado legalmente el nombre a Belinda Granville pasara casi desapercibido. Hasta la madre de Colin se había reconciliado con toda la situación, aunque para ella, por supuesto, los nietos que esperaba eran, sencillamente, Granville.

Hawk se inclinó para ayudar a su hijo y Colin se acercó a ella y le pasó un brazo por la espalda.

–¿Feliz? –le preguntó él.

–Por supuesto. Y es maravilloso estar acompañados de nuestros amigos.

–¿A pesar de que nuestras familias van a llegar el día de Navidad? –preguntó con una sonrisa.

–Más les vale comportarse –amenazó ella con humor burlón.

–Si el tío Hugh le vuelve a ganar a mi madre al ajedrez, la alfombra persa se manchará con sangre.

Belinda rió.

–¿Quién iba a imaginar que tendrían algo en común?

El tío Hugh seguía viviendo en la casa de Londres en Mayfair y en las mansiones próximas de Berkshire. Con el tiempo, las propiedades pasarían a los hijos de Belinda.

La casa de Elmer Street se había vendido, la propia Belinda había insistido en ello, y los ingresos se habían empleado para remozar las demás propiedades de Berkshire y Londres.

Sabía que era afortunada.

Había pedido un traslado a la oficina que Lansing's tenía en Londres y se lo habían concedido.

Pero, por el momento, y antes de regresar al mundo del arte, tenía las manos llenas con la inminente llegada de los bebés, su trabajo con el personal en las diversas propiedades de Colin y las galas benéficas como marquesa de Easterbridge.

–La vida es buena –anunció.

–Pero no como una moteada obra impresionista –bromeó Colin–. Se parece más a una obra de arte moderno. Es el significado que tú le das. Todo está en el ojo del observador.

–Bésame –dijo ella–, y te diré el significado que le doy yo.

–Me encantará.

Y sellaron su futuro con un beso.

Deseo

Delirios de felicidad

OLIVIA GATES

El príncipe Harres Aal Shalaan rescató a la prisionera Talia Burke de las garras de su tribu rival y la protegió entre sus fuertes brazos. Pero el valeroso guerrero descubrió que aquella bella extranjera poseía información vital que podía destruir su amado reino... y, para colmo, tenía poderosas razones para no confiar en él.
Atrapada con él en un oasis del desierto, Talia fue incapaz de resistirse a los encantos de Harres. Sin embargo, a pesar de que la tenía cautivada, sus lealtades encontradas siempre los convertirían en enemigos. Enamorarse del príncipe sería el mayor error de su vida... aunque tal vez ya fuera demasiado tarde.

¡Atrapada en el desierto!

¡YA EN TU PUNTO DE VENTA!

Acepte 2 de nuestras mejores novelas de amor GRATIS

¡Y reciba un regalo sorpresa!

Oferta especial de tiempo limitado

Rellene el cupón y envíelo a

Harlequin Reader Service®

3010 Walden Ave.

P.O. Box 1867

Buffalo, N.Y. 14240-1867

¡Si! Por favor, envíenme 2 novelas de amor de Harlequin (1 Bianca® y 1 Deseo®) gratis, más el regalo sorpresa. Luego remítanme 4 novelas nuevas todos los meses, las cuales recibiré mucho antes de que aparezcan en librerías, y factúrenme al bajo precio de $3,24 cada una, más $0,25 por envío e impuesto de ventas, si corresponde*. Este es el precio total, y es un ahorro de casi el 20% sobre el precio de portada. !Una oferta excelente! Entiendo que el hecho de aceptar estos libros y el regalo no me obliga en forma alguna a la compra de libros adicionales. Y también que puedo devolver cualquier envío y cancelar en cualquier momento. Aún si decido no comprar ningún otro libro de Harlequin, los 2 libros gratis y el regalo sorpresa son míos para siempre.

416 LBN DU7N

Nombre y apellido (Por favor, letra de molde)

Dirección Apartamento No.

Ciudad Estado Zona postal

Esta oferta se limita a un pedido por hogar y no está disponible para los subscriptores actuales de Deseo® y Bianca®.

*Los términos y precios quedan sujetos a cambios sin aviso previo.

Impuestos de ventas aplican en N.Y.

SPN-03

©2003 Harlequin Enterprises Limited

Bianca™

La amaba, pero la perdió… Y ahora volverá a tenerla a su lado…

La isla de la familia Carrington había salido a subasta…Y eso era una invitación que Ethan Hardesty no podía rechazar. El hijo del guardés de la isla, convertido en gran empresario, lo tenía todo. Todo, excepto una parte de las propiedades de los Carrington, la isla que de la que provenían sus recuerdos más placenteros y dolorosos.
Ethan no contaba con que la bella Cate Carrington fuera quien gestionara la transacción, y eso le ofreció la oportunidad perfecta de incluirla en la oferta. Pero jugar con la mujer en la que se había convertido la niña a la que había amado pronto pasó de ser un juego a convertirse en una obsesión…

Una obsesión inconveniente

Natasha Tate

¡YA EN TU PUNTO DE VENTA!

Deseo™

Difícil de amar

SANDRA HYATT

Que su exnovia estuviera detrás de la mala prensa de su compañía era una cosa; descubrir que había tenido a su hijo en secreto, otra muy diferente. El millonario Max Preston no iba a aceptar ninguna de las excusas de Gillian Mitchell. Se casaría con él… o Max usaría todo su poder para alejarla de su hijo. Sin embargo, después de una boda relámpago en Las Vegas, el deseo de Max por Gillian era más intenso que nunca. Pero él sabía que pensar en su matrimonio como algo más que un acuerdo de conveniencia significaría entrar en un terreno para el que no estaba preparado.

"¿Cómo te has atrevido a ocultármelo?"

¡YA EN TU PUNTO DE VENTA!